万葉叢書⑬

万葉歌の解釈と言語

黒田　徹　著

目次

【凡例】

本書中に用いた主な注釈書・テキスト類の略称は、次の通り。

〈注釈書〉

・代匠記→万葉代匠記（契沖）
・童蒙抄→万葉集童蒙抄（荷田春満・信名）
・考→万葉考（賀茂真淵）
・玉の小琴→万葉集玉の小琴（本居宣長）
・槻落葉→万葉考槻落葉（荒木田久老）
・略解→万葉集略解（橘千蔭）
・由豆流攷証→万葉集攷証（岸本由豆流）
・古義→万葉集古義（鹿持雅澄）
・井上新考→万葉集新考（井上通泰）
・折口口訳→口訳万葉集（折口信夫）
・鴻巣全釈→万葉集全釈（鴻巣盛広）

・松岡論究↓万葉集論究（松岡静雄）
・豊田研究↓万葉集東歌の研究（豊田八十代）
・総釈↓万葉集総釈（武田祐吉・土屋文明他）
・金子評釈↓万葉集評釈（金子元臣）
・窪田評釈↓万葉集評釈（窪田空穂）
・旧版朝日古典全書↓日本古典全書万葉集（佐伯梅友・石井庄司・藤森朋夫）
・武田全註釈↓万葉集全註釈（武田祐吉）
・佐佐木評釈↓評釈万葉集（佐佐木信綱）
・土屋私注↓万葉集私注（土屋文明）
・岩波古典大系↓日本古典文学大系万葉集（高木市之助・五味智英・大野晋）
・沢瀉注釈↓万葉集注釈（沢瀉久孝）
・小学館古典文学全集↓日本古典文学全集万葉集（小島憲之・木下正俊・佐竹昭広）
・新訂版朝日古典全書↓新訂版日本古典全書万葉集（佐伯梅友・石井庄司・藤森朋夫）
・桜井旺文社文庫↓現代語訳対照万葉集（桜井満）
・新潮古典集成↓日本古典集成万葉集（青木生子・井手至・伊藤博・清水克彦・橋本四郎）

・中西講談社文庫→万葉集全訳注原文付（中西進）
・小学館完訳→完訳日本の古典万葉集（小島憲之・木下正俊・佐竹昭広）
・全注→万葉集全注（伊藤博・稲岡耕二他）
・伊藤角川文庫→角川日本古典文庫万葉集（伊藤博）
・新編小学館古典全集→新編日本古典文学全集万葉集（小島憲之・木下正俊・東野治之）
・伊藤釈注→万葉集釈注（伊藤博）
・新岩波古典大系→新日本古典文学大系万葉集（佐竹昭広・山田英雄・工藤力男・大谷雅夫・山崎福之）
・稲岡和歌文学大系→和歌文学大系万葉集（稲岡耕二）
・阿蘇全歌講義→万葉集全歌講義（阿蘇瑞枝）
・多田全解→万葉集全解（多田一臣）
・岩波文庫→岩波文庫万葉集（佐竹昭広・山田英雄・工藤力男・大谷雅夫・山崎福之）

〈テキスト〉

・新訓→新訓万葉集（佐佐木信綱）
・新校→新校万葉集（沢瀉久孝・佐伯梅友）
・大成本文篇→万葉集大成本文篇（沢瀉久孝・佐伯梅友）

・塙本→万葉集本文篇（小島憲之・木下正俊・佐竹昭広）
・桜楓（おうふう）本→桜楓社（おうふう）版万葉集（森山隆・鶴久）
・角川本→校訂万葉集（中西進）
・新校注→新校注万葉集（井手至・毛利正守）

第Ⅰ部　万葉歌の解釈篇

第一章　万葉歌の訓読の再検討——文法的に可能な訓み方を考える——

一　はじめに

万葉歌を訓む時、それが一字一音の万葉仮名で書いてあるというようなところは、それしか訓み方がない訳であるから仕方がないが、そうでないところは、できるだけ従来の訓み方に囚われないないようにして、文法的に可能な訓み方を考えてみるということも、必要なことではなかろうかと思う。仮に、その可能な訓み方が従来の訓み方より劣っていて、結局は、従来の訓みに従わなければならないとしても、そのようにして考えた結果、従来の訓みの良さが明らかにされるならば、ただ従来の訓みに従っているよりも良いということになって、その手数が決して無意味なものではないはずである。また、その結果、従来の訓み方よりも良い訓みを見出すことができれば、万葉歌の解釈を進化させることにもなろう。いずれにせよ、その手数は、決して無駄にはならないと思う。

このような観点から、本章では、万葉歌の中から、文法的に可能な訓み方が数種類ある歌を取り上げて、従来の訓み方よりも良い訓み方があるかどうかを検討してみたいと思うのである。

二　巻十・一八二〇番歌の訓読

巻十「春雑歌」部の「詠鳥」の小題のもとに、次のような歌が収められている。

○梅花　開有岳邊尓　家居者　乏毛不有　鶯之音（10・一八二〇）

この歌には、次のように、色々な訓み方がある。

○ウメノハナ　サケルヲカベニ　イヘヰセバ　トモシクモアラジ　ウグヒスノコヱ（旧訓）

○――――　――――　イヘヲレバ　トモシクモアラズ　――――（略解）

○――――　――――　イヘヲレバ　トモシクモアラヌ　――――（古義）

井上新考・鴻巣全釈以下、最近の多田全解・岩波文庫に至るまでの注釈書・テキスト類は、全て略解の訓に従っており、結局、略解の訓み方が通説となっている。第三句の「家居者」を旧訓のように、「イヘヰセバ」と訓むのは、「セ」に当たる文字が無いので不可能であるから、

○山近く家《いへ》や居《を》るべき〈家哉可居〉。さ雄鹿の声を聞きつつ寝ねかてぬかも。（10・二一四六）

○谷近く家《いへ》は居《を》れども〈伊敝波乎礼騰母〉、木高くて里はあれども、……（19・四二〇九）

などの例から、「イヘヲル」という語を考えて訓むのが適切だということになるだろう。[1] ところで、これを旧訓のように、仮定条件として訓めば、「イヘヲラバ」とすればよいのである。結句の「音」は、

○ うぐひすの音《おと》〈於登〉聞くなへに、梅の花我家《わぎへ》の園に咲きて散る見ゆ。（5・八四一）

という例もあるが、

○ あしひきの山谷越えて、野づかさに、今は鳴くらむ。うぐひすの声《こゑ》〈許恵〉。（17・三九一五）

という例もあり、鶯についても、他の鳥についても、「コヱ」と言った例が圧倒的に多いから、本章でも、それに従う。

そこで、当該歌の文法的に可能な訓み方を考えてみると、大体、次の四通りの訓み方があり得ると思われる。

⑴ 梅の花咲ける岡辺に家居らば、ともしくもあらじ。うぐひすの声。……旧訓の意を酌むもの。
⑵ 梅の花咲ける岡辺に家居れば、ともしくもあらじ。うぐひすの声。……私案。
⑶ 梅の花咲ける岡辺に家居れば、ともしくもあらず。うぐひすの声。……通説
⑷ 梅の花咲ける岡辺に家居れば、ともしくもあらぬうぐひすの声。……古義。

⑵の訓み方は、「家居れば」という確定条件に「じ」という推量で応じるのは、文法に適わないものとして、これまで考えられていなかったようであるが、例が少ないというだけで、必ずしも文法に

背くものではないのである。

① 若ければ〈家礼婆〉、道行き知らじ〈士〉。賂《まひ》はせむ。下への使ひ、負ひて通らせ。（5・九〇五）

② 秋されば〈佐礼婆〉、恋しみ、妹を夢にだに久しく見む〈牟〉を、明けにけるかも。（15・三七一四）

③ 遠くあれば〈安礼婆〉、一日一夜も思はずてあるらむ〈良牟〉ものと、思ほしめすな。（15・三七三六）

④ ますらをの呼び立てしかば〈思加婆〉、さ雄鹿の胸《むな》分け行かむ〈牟〉。秋野萩原。（20・四三二〇）

これらは、いずれも確定条件に、推量の言い方で応じている例である。特に、①の例は、確定条件に打消推量の「じ」で応じているので、(2)の訓み方が文法的に可能であることを保証する有力な例証と言えるだろう。

当該歌では、第四句の「ともし」という語の意味も問題になる。文字では、「乏」の字で書いてあるが、

(一) あさもよし紀人ともしも〈乏母〉。真土山、行き来と見らむ。紀人ともしも。（1・五五）

のように、「羨ましい」という意味に解される「ともし」にも「乏」の字が当てられているから、必

ずしも字義通りに「少ない」という意味に解さなければならないというものではない。

㈡　……射水川湊の渚鳥、朝凪に潟に漁りし、潮満てば妻呼び交す。ともしきに〈等母之伎尓〉見つつ過ぎ行き、……（17・三九九三）

㈢　……山見れば見のともしく〈等母之久〉、川見れば見のさやけく、ものごとに栄ゆる時と、……（20・四三六〇）

これらは、面白かったり、美しかったり、心の惹かれる様を「ともし」と言っているのであるから、これらの例をもって解釈すれば、鶯の声などは、耳に飽きていいて、心惹かれることもないという気持ちで言っているとも考えられる。結局は、鶯の声がいくらでも聞かれることを言うので、「乏」の字義通りに考えても、今のように考えても、帰する所は同じとしても、気持ちは、違うということを考えなければならない。当該歌の場合は、鶯の声など羨ましくないとか、鶯の声など心惹かれることもないという意味に解して、鶯の声に対して、否定的な気持ちを表していると見るよりも、やはり、字義通りに、鶯の声は少なくない（＝たくさん聞かれる）という意味に解して、鶯の声に対して、肯定的な気持ち方を表していると見た方が良いということになろう。

では、前掲の⑴から⑷までの訓み方の意味を考えると、⑴は、梅の花の咲いている岡辺に立って、このようなところに住んでいたら、鶯の声は、少なくあるまいと想像した歌になり、⑵は、梅の花の咲いている岡辺に住んでいる人に向かって、貴方は、このようなところに住んでいるから、鶯の声は、少なくあるまいと羨んだ気持ちの歌になり、(3)(4)は、自分は、梅の花の咲いている岡辺に住んでいるから、鶯の声など少なくないと言った気持ちの歌になる訳である。その中で、(3)と(4)とは、言葉の切れ続きの関係が違うので、気持ちの上でも違いがあるのだが、この四つ訓み方がいずれも文法的に差支えないのであるから、このいずれを歌として、最も良いものとして採用するかが、文学研究の問題となるのである。

果たして、どの訓み方が歌として最も良いと言えるのだろうか。その問題を考える上で、重要な例となるのが、次の二首の類歌である。

㋐　梓弓《あづさゆみ》春山近く家居れば〈家居之〉、継ぎて聞くらむ〈良牟〉。うぐひすの声。（10・一八二九）

㋑　恋ひつつも、稲葉掻き分け家居れば〈家居者〉、ともしくもあらず〈乏不有〉。秋の夕風。

（10・二二三〇）

㋐の歌は、当該歌と同じ「春雑歌」部の「詠鳥」の小題のもとに収められた歌であり、㋑の歌は、「秋雑歌」部の「詠風」の小題のもとに収められた歌である。㋐の歌は、当該歌と第三句の「家居れば」と結句の「うぐひすの声」という表現を共有し、㋑の歌は、当該歌と第三句の「家居れば」と第四句の「ともしくもあら（ず）」という表現を共有しているので、万葉集の中でも、当該歌と緊密な対応関係にある歌と言ってよいだろう。

なお、㋐の歌の第三句の原文「家居之」の「之」の訓みについては、古くは諸説があった。しかし、「之」は「者」と通用であり、接続助詞「ば」の表記と見るべきであることを沢瀉久孝・小島憲之両氏が論じて以降、今日では、「之」を「ば」訓むことについては、問題はなくなったと言ってよい。[2] また、㋐の歌の第三句は、現在でも、「家居らば」と仮定条件で訓む説と「家居れば」と確定条件で訓む説とが対立しているが、佐伯梅友氏が、万葉集中の「らむ」について、「未然形からなる仮定条件をうけて」「結んだ例が無い」との指摘した通り、確定条件で訓むのが正しい。[3]

そこで、㋐と㋑の歌を手がかりに、(1)から(4)までのどの訓み方が、万葉歌の表現として、最も良いのかを考えてみよう。㋐㋑の歌は、共に第四句で句切れになっていることから、先ず、(4)の「ともしくもあらぬ」と連体形で訓む訓み方は、万葉歌の表現として、相応しくないということになろう。次に、第三句を「家居らば」と仮定条件で訓む(1)の訓み方も、万葉集中に、確定条件「居れば」の例はあるが、[4] 仮定条件「居らば」の例はないことから、避けた方がよいと思われる。では、第四句は、㋐の例に従い、「ともしくもあらじ」と推量の形で訓むのと、㋑の例に従い、「ともしくもあらず」と断言の形で訓むのと、いずれが歌の表現として、適切と言えるのだろうか。

筆者は、当該歌と離れた「秋雑歌」部の「詠風」に収められた㋑の歌よりも、当該歌と同じ「春雑歌」

部の「詠鳥」に収められ、当該歌と僅か八首しか隔たっていない近い箇所にある㋐の歌の方を重視すべきだと思う。㋑の歌も、当該歌と全く無関係とは思われないが、㋐の歌の方が、当該歌により直接的な関係があると思われる。㋐の歌の作者は、当該歌の「梅の花咲ける岡辺」を「梓弓春山近く」と枕詞「梓弓」を使い、弓を張ることから、草花の芽が張る生命力が盛んな「春山」を導き出すことにより、「梅の花」に限定されていた当該歌の表現を春に咲く全ての花を連想させるような表現に改め、当該歌の「ともしくもあらじ（＝少なくはあるまい）」という抽象的な表現をより具体的な「継ぎて聞くらむ（＝絶えず聞いているだろう）」という表現に改変したのだろう。㋐の歌は、当該歌を踏まえて作られたのだと思う。㋐の歌の第四句の「継ぎて聞くらむ」という推量表現は、当該歌の第四句を「ともしくもあらじ」と推量の形で訓むのが適切であることを裏付けていると言えるだろう。

結局、当該歌は、⑵の訓みを採り、次のように、訓釈するのが適切と考えられる。

○　梅の花咲ける岡辺に家居れば、ともしくもあらじ。うぐひすの声。

――（貴方は）梅の花が咲いている岡の周辺に住んでいるのだから、少なくはないでしょう。鶯の声は。――

従来は、実際に、鶯の声を数多く聞いている人の立場の歌で、鶯が盛んに鳴く春の到来を喜ぶ歌と考えられて来たが、梅の花が咲いている岡の周辺に住んでいる人に対して、鶯の声を数多く聞いている状況を思い、それを羨む気持ち詠んだ歌と見ることになる。

筆者の提案した訓み方が、従来の訓み方よりも優れているかどうかは別として、文法的に可能な訓み方が数種類ある時には、万葉歌として、より良い姿を追究するという努力を怠ってはならないと思うのである。

三　巻十・一八三九番歌の訓読

巻十「春雑歌」部の「詠雪」の小題のもとに収められた歌の中に、次のような歌がある。

○　為君　山田之澤　恵具採跡　雪消之水尓　裳裾所沾（10・一八三九）

当該歌の訓み方に関する諸注の記述に注目してみると、代匠記精撰本に「官本又云、ヤマタノサハノ」という訓みの異同の注記があり、契沖が校合した中院本（官本）には、第二句に格助詞「の」を読み添える「山田の沢の」という訓み方があったことが知られる。但し、この注記は、後世の諸注の間では全く顧みられることはなく、現在に至るまでの注釈書・テキスト類は、悉く旧訓以来の訓み方を採用して、第二句に格助詞「に」を読み添えている。即ち、当該歌は、

○　君がため山田の沢にゑぐ摘むと、雪消の水に裳の裾濡れぬ。

と訓むのが通説になっているのである。しかし、巻七「雑歌」部の「羈旅作」の小題のもとに収められている人麻呂歌集略体歌の中に、当該歌とよく似た、

○　君為　浮沼池　菱採　我染袖　沾在哉（7・一二四九）

という歌があって、この歌では、現行の諸注釈書・テキスト類は、全て第二句に格助詞「の」を読み添えて、

○　君がため浮沼の池の菱摘むと、我が染めし袖濡れにけるかも。

と訓んでおり、「浮沼の池に」と訓むものはないのである。勿論、当該歌の「山田の沢」は普通名詞で、略体歌の「浮沼の池」はもしかしたら固有名詞かもしれないという違いはある。だが、その違いが、一方は「に」を読み添えなければならず、もう一方は「の」を読み添えなければならないという文法上の違いを引き起こすとは考えられない。要するに、略体歌の例に拠れば、当該歌の場合も、第二句に「の」を読み添えて、「山田の沢の」とも訓むことができるということである。従って、現行の諸注が代匠記精撰本の注記を無視して、当該歌の第二句の訓み方について、何も検討することなく、「山田の沢に」と訓んでいるのは安易に過ぎると言わざるを得ない。当該歌には、第二句に「に」助詞を読み添えるのが適切か、「の」助詞を読み添えるのが適切かという改めて検討を要する問題があるのである。

実は、この問題については、嘗て、代匠記精撰本の注記には、触れていないが、唯一人、渡瀬昌忠氏が、「山田の沢の」と訓む説を提唱していることに注目して、[6]筆者なりに検討し、当該歌の第二句は「山田の沢の」と訓むのが適切であるとの判断を下した拙論を発表したことがある。[7]しかし、拙論発表後に刊行された阿蘇全歌講義・多田全解・岩波文庫などの注釈書は、相変わらず、「山田の沢に」と訓む説を採っており、拙論はもとより、渡瀬説も全く顧みられていないのが現状である。本節では、以下に、当該歌の第二句は、「山田の沢の」と訓むべきであるとする筆者の持論を補強し、再論して、もって先師渡瀬昌忠氏への報告としたいと思うのである。

では、「に」を読み添えた場合と「の」を読み添えた場合の文法上の違いと意味の違いについて確認しておこう。「に」を読み添えた場合、「山田の沢」は、直下の名詞「ゑぐ」を隔てて動詞「摘む」に続く連用修飾語となり、「摘む」という動作の成立する場所が明確に指定されることになって、「山田の沢でゑぐを摘む」という意味になる。「の」を読み添えた場合、「山田の沢」は、直下の名詞「ゑぐ」を修飾する連体修飾語となり、「ゑぐ」の存在する場所が具体的に示されることになって、「山田の沢の（にある）えぐを摘む」という意味になる。

ところで、万葉集中の文例には、次に示すように、「名詞（場所）に名詞（植物）摘む」という構文の例もあるが、「名詞（場所）の名詞（植物）摘む」という構文の例もある。

A 「名詞（場所）に名詞（植物）摘む」の例。
① ……この岡に〈尓〉菜摘ます子家告らせ。……（1・一）
② 春山の咲きのををりに〈尓〉春菜摘む妹が白紐見らくしよしも。（8・一四二一）
③ ……阿胡の海の荒磯の上に〈丹〉浜菜摘む海人娘子らが、……（13・三二四三）
④ ……春の野に〈尓〉菫を摘むと、白妙の袖折り返し、……（17・三九七三）
⑤ ますらをと思へるものを、大刀佩きて、可尓波の田居に〈尓〉芹ぞ摘みける。（20・四四五六）

B 「名詞（場所）の名詞（植物）摘む」の例。
① 春野のに煙立つ見ゆ。娘子らし春野の〈之〉うはぎ摘みて煮らしも。（10・一八七九）
② 我が屋戸の〈之〉穂蓼古幹摘み生し、実になるまでに君をし待たむ。（11・二七五九）
③ 伎波都久の岡の〈能〉茎韮我れ摘めど、籠にも満たなふ。背なと摘まさね。（14・三四四四）

従って、当該歌の「山田の沢」と「ゑぐ」との間には、「に」助詞が来ても、「の」助詞が来ても、文法の上で支障はなく、意味の上でも不自然さはないということになろう。

しかしながら、連用格の格助詞「に」を読み添える通説の訓み方は、いかがなものであろうか。確かに、万葉集において、「に」助詞は読み添えとなることが多い。[8] 但し、動作の成立する場所を明確に指定する連用格の「に」助詞の場合は、「極めて重要な役割を帯びる助詞」なので、「略されることは極めて少なく、万葉集の中で、表記の簡略な巻々でも」「略さずに書いてあることが多い」のである。[9] 事実、当該歌の前後に収められている歌を見ると、

○ 山際《やまのま》尓《に》 鶯《うぐひす》喧而《なきて》（10・一八三七）、峯上《みねのうへ》尓《に》零置《ふりおける》雪師《ゆきし》（10・一八三八）、梅枝《うめがえ》尓《に》鳴而《なきて》移徙《うつろふ》（10・一八四〇）

というように、動作の成立する場所を明示する連用格の「に」は「尓」で文字化されており、読み添えにはなっていない。[10] 従って、当該歌の「山田の沢」が、動作の成立する場所であるなら、それを明示する「に」助詞が文字化されていないのは不可解である。しかも、当該歌の場合は、名詞と動詞の間に目的語が介在する「名詞 名詞〈動詞〉」という語順である上に、上の名詞が直下の名詞に続く連体修飾語になっても、意味の上で不自然さはないのであるから、上の名詞が直下の名詞を隔てて動詞に続く連用修飾語であるなら、それを明確にして、連体修飾語に誤解されることを防ぐためにも、上の名詞と下の名詞の間に連用格の「に」助詞を文字化する必要があるはずである。このような重要なところに、「に」助詞が文字化されていないのは、極めて不審であると言わなければならない。実際、当該歌でも、「に」助詞が動作の原因を表し、名詞と動詞の間に介在する名詞が主語になるという違いはあるが、第四・五句の「雪消の水に〈尓〉裳の裾濡れぬ」という「名詞 名詞〈動詞〉」の語順で、

上の名詞が直下の名詞を隔てて動詞に続く連用修飾語になるところでは、連用格の「に」は「尓」で文字化されている。この「雪消の水」が、「裳の裾濡れぬ」に続く連用修飾語であることは意味の上から明らかであり、仮に連用格の「に」が文字化されていなくても、「裳の裾」だけに続く連体修飾語に誤解されることはなかろう。そのようなところですら、当該歌の表記者は、連用格の「に」を読み添えとはせずに、「尓」で丁寧に文字化しているのである。以上のことから見ると、「尓」の字のない当該歌の「山田の沢」と「ゑぐ」の間に連用格の「に」を読み添えて訓むことには、無理があると言わざるを得ないだろう。

それに対して、連体格の格助詞「の」を読み添える訓み方は、どうであろうか。万葉集において、「の」助詞は、文字化もされるが、読み添えとなることも多いのである。[11] 当該歌の前後に収められている歌の連体格の「の」助詞の表記の状況を見ても、

○ 鶯《うぐひす》之羽《のはね》（10・一八四〇）、滓鹿能山尓《かすがのやまに》（10・一八四四）

のように、「之」や「能」で文字化されている例はあるが、先にも挙げた、

○ 山《やま》の際尓《まに》（10・一八三七）、峯《みね》の上尓《うへに》（10・一八三八）

の例や、

○ 梅《うめ》の花《はな》（10・一八四一）、春日《かすが》の山尓《やまに》（10・一八四三）、霜枯《しもがれ》の冬《ふゆ》の柳者《やはぎは》（10・一八四六）

などの読み添えとする例を拾うに事欠かない。しかも、連体格の「の」は、常に「名詞の名詞」という形を取るので、当該歌のような「名詞 名詞〈動詞〉」という語順のところでも、語順に沿って訓み下して行けば、名詞と名詞の間に連体格の「の」助詞を読み添えることはごく自然にできるのである。まして、当該歌の場合は、上の名詞が直下の名詞に続く連体修飾語として意味の上で不自然さはない上に、「山田」と「沢」の間には、連体格の「の」を「之」で文字化しているので、当該歌の表記者は、重ねて「之」で文字化する必要はなく、「山田の沢」と「ゐぐ」の間に連体格の「の」を読み添えることは容易であると判断して、文字化しなかったのではないかと推察される。現に、当該歌でも、先の「山田の沢」の「の」が「之」で文字化されているところや、

○ 雪消《ゆきげ》之《の》水《みづ》

のように、同じく「之」で文字化されているところはあるが、

○ 裳《もの》裾所沾《すそぬれぬ》

のように、読み添えとするところがある。従って、当該歌の「山田の沢」と「ゐぐ」の間に連体格の「の」が文字化されていなくても、別に不思議ではなく、両者の間に連体格の「の」助詞を読み添えて訓むことには、無理はないと思われる。

加えて、当該歌には、前掲の人麻呂歌集略体歌の他にも、次のような類想歌がある。

㋐　妹がため上つ枝の梅〈末枝梅〉を手折るとは、下つ枝の露に濡れにけるかも。（10・二三三〇）

㋑　豊国の企救の池なる菱〈池奈流菱〉の末を摘むとや、妹が御袖濡れけむ。（16・三八七六）

㋐の歌では、「上つ枝（場所）」と「梅（植物）」の間が物の存在する場所を表すことになる連体格の「の」になっている。ここでも、「の」は読み添えであるが、この歌の場合は、古事記歌謡に「上方の枝の（にある）枝の先の葉」という意味の「上つ枝の〈能〉枝の末葉」（記・一〇〇）という表現もあることから、文脈上、「上方の枝の（にある）梅」の意味に解して、連体格の「の」を読み添える以外に方法はないので、確例に準ずる例として扱ってよいだろう。また、㋑の歌では、「企救の池（場所）」と「菱（植物）」の間が物の存在する場所を表す助動詞「なり」の連体形になっている。つまり、これらの類想歌の例からも、当該歌の「山田の沢」は、「ゑぐ」という植物の存在する場所と見るべきであり、両者の間には、連体格の「の」を読み添えるのが妥当であると考えられるのである。

更に、次の歌の表現にも、注目する必要がある。

㋒　あしひきの山沢ゑぐ〈山澤佪具〉を摘みに行かむ日だにも逢はせ。母は責むとも。（11・二七六〇）

㋒の歌の「山沢ゑぐ」とは、「山の沢の（にある）えぐ」という意味であり、本来なら、「山の沢のゑぐ」と言うべきところを定型短歌の音数律の制限上、止むを得ず、連体格の「の」を省略し、圧縮して表現したものである。[12] 万葉集の中で、「ゑぐ」という植物名を共有し、その「ゑぐ」を「摘む」ことを歌う歌は、㋒の歌と当該歌だけなのである。従って、当該歌も、「山田の（にある）えぐ」を「摘む」という意味に解するのが穏当であると思われる。要するに、㋒の歌の音数制限から連体格の「の」を省略した「山沢ゑぐ」という表現は、翻って言えば、当該歌の「山田の沢」と「ゑぐ」の間に音数を満たすために読み添えるべき助詞として、連体格の「の」が相応しいことを裏付けてくれると思うのである。

結局、当該歌の第二句には、通説のように、「に」助詞を読み添えて訓むのではなく、前掲の人麻呂歌集略体歌の「浮沼の池の」の歌と同様に、「の」助詞を読み添えて訓むのが正しい訓み方であると判断される。改めて、一首の訓釈を示すと、次のようになる。

○　君がため山田の沢のゑぐ摘むと、雪消の水に裳の裾濡れぬ。

――あなたに差し上げるために、山田の沢の（にある）えぐを摘もうとして、雪解け水で（私の）裳の裾が濡れました。――

従来、「山田の沢」は、「摘む」という動作の成立する場所と解されて来たが、今後は、「ゑぐ」の存在する場所と解することになる。作者の女性は、その「山田の沢のゑぐ」を「摘む」のに、いかに苦労したかということを歌うことにより、「ゑぐ」を贈る相手の男性への情愛の深さを示しているのである。

文法的に可能な訓み方が二通りある場合には、通説に囚われることなく、歌の表記や類型表現から、万葉歌として、あるべき姿を検討することが大切である。当該歌の第二句を「山田の沢の」と訓むべきであるとした渡瀬昌忠氏の炯眼に敬意を表する次第である。

四　巻十・一八五〇番歌の訓読

巻十「春雑歌」部の「詠柳」の小題のもとに、

○　朝旦　吾見柳　鸎之　来居而應鳴　森尓早奈礼（10・一八五〇）

という歌がある。この歌の第四・五句は、次の三通りに訓み方が分かれている。

①　来居て鳴くべき　森《もり》に早なれ
②　来居て鳴くべく　森《もり》に早なれ
③　来居て鳴くべく　茂《しげ》に早なれ

①は、諸注の大半が採用している旧訓以来の一般的な訓み方であり、②は、略解・折口口訳が、③は、新潮古典集成・伊藤角川文庫・同釈注が採用している訓み方である。

③の訓み方は、原文「森」を「しげ」と訓むところに難点がある。おそらく、「森」を名詞「しげ（繁・茂）」の義訓字と考えたのであろう。しかし、万葉集中の名詞「しげ」、または、それを語幹とする形容詞「しげし」の訓字表記の例を見ると、稀に「重」を義訓字として使用した例はあるが、「繁」「茂」を正訓字として使用した例が大部分であり、表記に使用される訓文字は、固定化していたと考えられるのである。従って、敢えて「森」を「しげ」の義訓字として使用したとは考え難い。やはり、「森」は、「繁《しげ》道《ち》森《もり》徑《みち》」（16・三八八一）の例と同様に、正訓字と見て、「森《もり》」と訓む方が穏やかだと思う。

では、①の訓みと②の訓みとでは、どちらがよいのであろうか。一見したところ、第五句の句頭が「森」という名詞であるから、第三・四句は、それを修飾する連体修飾語と考えて、①の訓みに従うのが文法の上で穏当のように思われる。大方の諸注が、①の訓みを採るのも、そうした事情によるものであろう。

筆者は、以前に、この問題を検討した拙論を公にしたことがある。[13] その拙論の内容を要約すると、以下のようになる。当該歌の原文「應」の字は、連体形「べき」と訓む例もあるが、連用形「べく」と訓む例もあり、「……べき名詞〈動詞〉」という構文例があるのは当然だが、「……べく名詞〈動詞〉」という構文例もあることから、①の訓みも、②の訓みも、文法的には可能である。また、当該歌の場合は、文末が「なる」という動詞になっており、万葉集中に、「……べく名詞なる」という形の例はあるが、「……べき名詞なる」という形の例はない。その上、文末が「なれ」という命令の言い方になっている。命令・禁止・希求・願望の言い方は、全て話し手の希望を述べた文であり、[14]「……べく名詞〈希望表現〉」の例は、万葉集中にあるが、「……べき名詞〈希望表現〉」の例はない。従って、歌の表現形式の特徴から見て、②の訓みの方が合理的ということになると言える。更に、②のように、「うぐひすの来居て鳴くべく」と訓めば、「森に早なれ」という呼び掛けが、「朝な朝な我が見る柳」だけではなく、「うぐひすの来居て鳴くべく」にも響くことになり、②の訓みの方が声調が優れている。以上のような理由から、②の訓みを採るべきであると結論付けたのである。

しかし、その後、構文論の観点から、改めて、この問題を検討したところ、それは、甚だ軽率な結論であったことに気付いた。結果として、②の訓みを採るべきであるとする点に変わりはないが、歌の構文から、当該歌の訓みは、②でなければならないと訂正しなければならなくなった。本節は、②の訓みが正しいことを構文論の観点から、立証するものである。

では、万葉集の中の「……べく」が直下の名詞を隔てて下の動詞を修飾する「……べく名詞〈動詞〉」という構文の例を見てみよう。

(1)　帰るべく〈應環〉時はなりけり。都にて誰が手本をか我が枕かむ。（3・四三九）

(2)　一重のみ妹が結ばむ帯をすら、三重結ぶべく〈可結〉我が身はなりぬ（4・七四二）

(3) 通るべく〈可融〉雨はな降りそ。我妹子が形見の衣我下《われした》に着《け》り。(7・一〇九一)

(4) 我が屋戸の花橘の、いつしかも、玉に貫くべく〈倍久〉、その実なりなむ。(8・一四七八)

(5) 我が屋戸の花橘は、散り過ぎて玉に貫くべく〈可貫〉、実になりにけり。(8・一四八九)

(6) 春日なる三笠の山に月も出でぬかも。佐紀山に咲ける桜の花の見ゆべく〈可見〉。(10・一八八七)

(7) 二つなき恋をしすれば、常の帯を、三重結ぶべく〈可結〉、我が身はなりぬ。(13・三二七三)

(8) 大伴の遠つ神祖の奥つ城は、著く標立て。人の知るべく〈倍久〉。(18・四〇九六)

(9) ……ますらをや、空しくあるべき。……後の世に語り継ぐべく〈倍久〉、名を立つべしも。(19・四一六四)

確かに、(1)(2)(4)(5)(7)の文末は、動詞「なる」になっており、(3)(6)(8)の文末は、希望表現になっている。しかし、文末が義務・意志になっている(9)の例もある。つまり、全ての例の文末が動詞「なる」になっている訳ではなく、全ての例の文末が希望表現になっている訳でもないのである。文末が動詞「なる」になる例が多く、希望表現になる例があるという理由で、②の訓みを採用するのが適切であるとした前稿の論証の過程は、片手落ちであったと言わなければならない。(1)から(9)までの例に共通する構文上の特徴を見出して、当該歌も構文上の特徴が一致するので、②の訓みを採るべきであるというように、統一的な説明がなされなければならないのである。

(1)から(9)までの例は、いずれも傍線部の「……べく」が、二重傍線部の名詞を隔てて太線部の動詞を修飾する連用修飾語である。その名詞の部分に注目してみよう。すると、(1)(2)(3)(4)(6)では、下の動詞の主語になっている。(5)では、「……べく」と共に下の動詞を修飾する連用修飾語になっている。(8)(9)では、下の動詞の目的語になっているのである。従って、(1)(2)(3)(4)(6)の例と(8)(9)の例は、構文上、名詞の部分と連用修飾語である「……べく」の部分の語順を入れ替えることも文法的に可能であり、歌の表現としてはともかく、歌の意味に変わりはない。例えば、

○ 時つ風吹くべく〈應吹〉なりぬ。香椎潟潮干の浦に玉藻刈りてな。(6・九五八)

という構文の例に倣って、次のように、語順を入れ替えても、歌の意味に変わりはないのである。

(1) 時は帰るべくなりけり。都にて誰が手本をか我が枕かむ。

(2) 一重のみ妹が結ばむ帯をすら、我が身は三重結ぶべくなりぬ。

(3) 雨は通るべくな降りそ。我妹子が形見の衣我下に着り。

(4) 我が屋戸の花橘の、その実、いつしかも、玉に貫くべく、なりなむ。

(6) 春日なる三笠の山に月も佐紀山に咲ける桜の花見ゆべく、出でぬかも。

(8) 大伴の遠つ神祖の奥つ城は、著く標人の知るべく立て。

(9)　……ますらをや、空しくあるべき。……名を後の世に語り継ぐべく立つべしも。

また、(5)の例は、「玉に貫くべくなりにけり、実になりにけり」と言うべきところを「玉に貫くべく実になりにけり」と言ったものである。従って、「……べく」の部分を除いて、「我が屋戸の花橘は、実になりにけり。」としても、文法的には差支えはなく、歌としては成り立たないが、意味は通じる。逆に、名詞の部分を除いても、文法的には差支えはない。つまり、

(5)　我が屋戸の花橘は、散り過ぎて、玉に貫くべく、なりにけり。

という形にしても、歌としては成り立たないが、意味は通じる。

このように、「……べく名詞〈動詞〉」の構文は、名詞と上の語句とが意味的に結合していないので、名詞の部分が下の動詞の主語や目的語の場合は、名詞と「……べく」の部分の語順を入れ替えても意味に変わりはなく、名詞の部分が格助詞「に」を伴い、上の「……べく」と共に下の動詞を修飾する場合は、「……べく」の部分か名詞の部分のいずれかがなくても意味は通じるのである。

それに対して、「……べき名詞〈動詞〉」の構文の場合は、どうであろうか。

(一)　明日香川川淀去らず立つ霧の、思ひ過ぐべき〈應過〉恋にあらなくに（3・三二五）

(二)　足日女御船泊てけむ松浦の海、妹が待つべき〈倍伎〉月は経につつ。（15・三六八五）

(一)の例は、原文が「應」の字で書かれているが、「べく」という連用形で訓むことはできず、「べき」

という連体形で訓まなければならない。なぜなら、「明日香川川淀去らず立つ霧の」までが、「思ひ過ぐべき恋」を導き出す序詞になっているからである。つまり、名詞を修飾する「思ひ過ぐべき」の部分や「恋に」の部分を除くと意味が通じなくなるのである。㈡の例は、名詞の部分が下の動詞の主語になっている。この例は、原文が仮名書になっているので、連体形で訓む以外に方法はないので、名詞と上の語句の語順を入れ替えることは、不可能である。仮に語順を入れ替えて「月は妹が待つべく経につつ。」としたら、不自然な意味になってしまうだろう。「……べき名詞〈動詞〉」の構文の場合は、名詞と上の語句が意味的に密接に結合しているので、名詞を修飾する部分や名詞の部分を除くことはできず、名詞と上の語句の語順を入れ替えることもできないのである。

ところで、次の例は、どう訓むかが問題になると思う。

㈢　宇治間山朝風寒し。旅にして、衣貸すべき〈應借〉妹もあらなくに。（1・七五）

㈣　士《をのこ》やも空しくあるべき。万代《よろづよ》に語り継ぐべき〈継可〉名は立てずして。（6・九七八）

なぜなら、右の例は、いずれも「……べき」と訓まれているが、原文が「應」「可」という訓字で書かれているので、㈢の例は、

㈤　ぬばたまの妹が干すべく〈倍久〉あらなくに。我が衣手を濡れていかにせむ。（15・三七一二）

という例を根拠に、㈣の例は、先に挙げた⑼の歌の「……後の世に語り継ぐべく、名を立つべしも。」

いう例を根拠に、それぞれ「衣貸すべく」「万代に語り継ぐべく」と訓むことも、文法的に可能なように思われるからである。従って、㈢㈣の歌の訓み方も、改めて、歌の構文から考えてみる必要がある。

㈤の歌の「妹が干すべくあらなくに」というのは、妹が居るけれど、干すことができないという意味ではなく、旅先なので、妹がここに居ないという意味である。つまり、「妻が、濡れてしまった私の衣を干すことができるように、そばに居る訳でもないのに。」と嘆いているのである。無論、語順を入れ替えて、「干すべき妹があらなくに」とすることも、可能である。このように考えると、㈢の歌も、旅先の歌であるから、従来のように、「衣貸すべき妹もあらなくに」と訓み、「衣を貸すことができる妻も居る訳でもないのに。」という意味の歌と見ることもできるが、「衣貸すべく妹もあらなくに。」と訓み、「衣を貸すことができるように、妻も、そばに居る訳でもないのに。」という意味の歌と見ることもできるのである。「衣貸す」が「あらなくに」を修飾する連用修飾語と見て、下の名詞と語順を入れ替えて、「妹も衣貸すべくあらなくに。」としても、意味は通じるのである。
(9)の歌は、「後の世に語り継ぐに相応しく、名を立てるべきだ。」という意味である。連用修飾語の部分と名詞の部分の語順を入れ替えて、「名を後の世に語り継ぐべく立つべしも。」と言っても意味は変わらない。㈣の歌は、通説のように訓んで、「永久に語り継ぐに相応しい名は立てることもないままに。」という意味の歌と見ることはできる。だが、(9)の例を根拠に、「万代に語り継ぐべく名は立てずして。」と訓んで、「永久に語り継ぐに相応しく、名は立てることもないままに。」という意味の歌と見ることもできるのである。「万代に語り継ぐ」を「立てずして」に続く連用修飾語と見て、下の名詞と語順を入れ替えて、「名は万代に語り継ぐべく立てずして。」としても、意味は通じるのである。

この事実は、名詞と上の語句とが意味的に密接に結合していないことを示している、これまで全く考えられていなかったことではあるが、㈢の歌も㈣の歌も、原文「應」「可」を「べく」と訓み、それぞれ、「衣貸すべく」「万代に語り継ぐべく」という連用修飾語と解するのが正しいと考えられるのである。

以上のような構文的事実が明らかになったところで、問題の当該歌の検討に戻ろう。当該歌は、従来通り、原文「應」を「べき」と連体形で訓み、

○　朝な朝な我が見る柳、うぐひすの来居て鳴くべき森に早なれ。

と訓んでも、柳が森に成長することを願った歌となり、歌の意味に不自然な点はない。しかし、文末が「早なれ」という命令の言い方になっている点と文末に係る語句が「森に」という連用修飾語になっている点に注目したい。つまり、当該歌は、「うぐひすの来居て鳴くべき」の部分を取り除いて、「朝な朝な我が見る柳、森に早なれ。」としても、文法的には差支えはなく、意味も通じる構文なのである。あるいは、原文「應」を「べく」と連用形で訓み、第三・四句を連用修飾語と見て、「森に」の部分を

取り除いて、

○　朝な朝な我が見る柳、うぐひすの来居て鳴くべく、早なれ。

という形にしても、文法的には差支えはなく、意味も通じるのである。要するに、これは、名詞と上の語句とが意味的に結合していないことを示していると言えるのである。即ち、当該歌は、「うぐひすの来居て鳴くべく早なれ、森に早なれ。」と言うべきところを「うぐひすの来居て鳴くべく森に早なれ。」と言ったもので、先に示した「……べく名詞〈動詞〉」の構文の例の中の⑸の歌と同じ構文と考えられるのである。両者を対比して示してみると、

我が屋戸の花橘は、散り過ぎて玉に貫くべく、実になりにけり。
朝な朝な我が見る柳、うぐひすの来居て鳴くべく、森に早なれ。

というように、同じ構文であることがはっきりと分かる。従って、当該歌の原文「應」の字は、歌の構文上の特徴から、通説のように「べき」と連体形で訓むよりも、「べく」と連用形で訓む方が適切であると言えるのである。また、「……べく名詞〈動詞命令形〉」という構文例は、倒置の形ではあるが、⑻の「著く標立て。人の知るべく。」という例がある。それに対して、「……べき名詞〈動詞命令形〉」という構文例は、万葉集中にはない。こうした事実からも、当該歌は、「うぐひすの来居て鳴くべく森に早なれ。」と訓むのが妥当であることが裏付けられる。

以上、構文論の観点から、当該歌の訓み方を再検討した結果、やはり、②の訓みを採るべきであることが明らかになった。改めて、一首の訓釈を示すと、次のようになる。

○　朝《あさ》な朝《さ》な我が見る柳、うぐひすの来居て鳴くべく、森に早なれ。

——毎朝私が見ている柳よ、鶯が来て（枝に止まって）鳴くことができるように、森に早くなれよ。——

従来は、柳が森に成長することを願う歌であり、鶯が来て鳴くことは、柳の成長に付随する一つの情景に過ぎないと見られていたが、今後は、鶯が早く到来して鳴くことができるようになることを強く願い、そうなるように、早く柳が森に成長することを待ち望む気持ちを述べた歌と解することになる。

文法的に可能な訓み方が二通り以上あると思われる場合でも、歌の構文を詳しく検討し、正しい訓み方を見極めるということを怠ってはならないと思う。筆者自身、構文論的な検討を怠り、安易に結論を下していたことを深く愧じる次第である。

五　おわりに

以上、万葉集の中から、文法的に可能な訓み方が数種類ある歌を取り上げて論じてみた。文法的に可能な訓み方を考えて、その中から、歌としてあるべき姿を検討するというのは、万葉集の研究からすれば、最も基礎的な研究と言えるだろう。万葉集の注釈書が何冊も刊行された現在においては、もはや、このような研究は、必要ないと考える者もいると思う。しかし、万葉歌には、未だに解釈が分かれて、議論が決着していない歌が数多くある。従って、こうした地道な作業も続けて行かなくてはならないと思うのである。

注

1 歌の理解の助けのために、筆者の判断で、句読点を付けた。

2 沢瀉久孝氏『万葉古径〈三〉』（昭和二十八〈一九五三〉年四月、右文書院）、復刻版（昭和五十四〈一九七九〉年九月、中央公論社）。引用は、後者の二〇～二三頁に拠る。小島憲之氏『上代日本文学と中国文学〈中〉』（昭和三十九〈一九六四〉年三月、塙書房）八五七～八五八頁。

3 佐伯梅友氏「『らむ』について」関西大学『国文学』第五号（昭和二十六〈一九五一〉年九月、関西大学国文学会）。

4 仮名書の巻十五の三六七四・三七〇七番歌などの例がある。

5　諸本に、この小題はなく、紀州本にのみある。諸注の言う通り、一八三二番歌以下十一首は、全て雪を詠む歌であるから、紀州本の本文に拠るべきだろう。

6　渡瀬昌忠氏「万葉集にみる飛鳥時代の野菜と海藻」『明日香風』十五（昭和六十〈一九八五〉年七月、飛鳥保存財団）。後に渡瀬昌忠著作集補巻『万葉学交響』（平成十五〈二〇〇三〉年五月、おうふう）所収。

7　拙著『万葉歌の読解と古代語文法』（平成十八〈二〇〇六〉年十月、万葉書房）第Ⅱ部第八章第二節。

8　蜂谷宣明氏「読添へる助詞と読添へぬ助詞」『山辺道』第十号（昭和三十九〈一九六四〉年一月、天理大学国語国文学会）。同氏「読添えの問題点」『国文学解釈と鑑賞』第三十一巻十二号（昭和四十二〈一九六七〉年十月、至文堂）。

9　『岩波古語辞典』（昭和四十九〈一九七四〉年十二月、岩波書店）の「基本助詞解説」の項目。

10　「此間《ここ》ニ」（10・一八三八）は、現場指示語として、一語化していると考えられるので、用例から除いた。

11　（注8）に同じ。

12　渡瀬昌忠氏は、（注6）論文で、「『山田の沢のゑぐ』を縮めると『山沢ゑぐ』になる」と言っている。また、井手至氏「万葉の歌ことば」『万葉』第百五十四号（平成七〈一九九五〉年七月、万葉学会）に、「音数律の制限からその後に格助詞を付ける余裕」がなかった六音節名詞の例として、「山沢ゑぐ」が挙げられている。

13　（注7）前掲書第Ⅱ部第六章第三節の後半。

14　佐伯梅友氏「文の構成」『万葉集大成　六〈言語篇〉』（昭和三十〈一九五五〉年五月、平凡社）。

第二章　笠女郎の大伴宿祢家持に贈る歌――その冒頭歌の訓読と解釈をめぐって――

一　はじめに

万葉集巻四に、「笠女郎贈二大伴宿祢家持一歌廿四首」という題詞のもとに一括して採録された歌群がある。その歌群の冒頭歌は、次のようなものである。

○　吾形見　ゝ管之努波世　荒珠　年之緒長　吾毛将思　（4・五八七）

右の歌の第一句から第四句までは、「我《わ》が形見《かたみ》、見つつ偲《しの》はせ。あらたまの年の緒《を》長く」と訓むことに問題はない。[1] 問題は、結句の訓み方にある。

当該歌の結句の訓みは、旧訓では、「ワレモオモハム」であった。それを童蒙抄が「われもしのばんにてあるべし」と言って以降、「我《われ》も偲《しの》はむ」と訓む説と「我《われ》も思《おも》はむ」と訓む説とが対立することになった。今ここに、諸注釈・テキスト類の立場を表示してみると、次のようになる。[2]

A 「我《われ》も偲《しの》はむ」と訓む説を採るもの……考・古義・井上新考・初版新訓・鴻巣全釈・新校（総釈第十一巻）・金子評釈・窪田評釈・武田全註釈（改造社版・角川増訂版）・佐佐木評釈・土屋

私注・桜楓（おうふう）本。

B　「我《われ》も思《おも》はむ」と訓む説を採るもの……略解・由豆流攷証・折口口訳・石井総釈・旧版朝日古典全書・新校（創元社改訂単行版）・大成本文篇・新訂版新訓・岩波古典大系・沢瀉注釈・塙本・小学館古典全集・新訂版朝日古典全書・桜井旺文社文庫・新校（創元社新版）・新潮古典集成・中西講談社文庫・小学館完訳・伊藤角川文庫・木下全注・新編小学館古典全集・角川本・伊藤釈注・新岩波古典大系・稲岡和歌文学大系・新校注・阿蘇全歌講義・多田全解・岩波文庫。

こうして見ると、Bの「我も思はむ」と訓む説が現在では有力になっているようである。しかしながら、諸論文や索引類に目を向けると、佐佐木隆氏は、「『万葉集』訓読の再検討［Ⅱ］――《同語異表記》の適用による――」『国文学解釈と鑑賞』第四十一巻十一号（昭和五十一〈一九七六〉年九月、至文堂）――以下、佐佐木論文ト略称スル――において、Aの「我も偲はむ」と訓む説を支持しており、日吉盛幸氏も、『万葉集歌句漢字総索引〈上〉〈下〉』（平成四〈一九九二〉年四月、桜楓社）、『万葉集表記別類句索引』（平成四〈一九九二〉年四月、笠間書院）で、Aの「我も偲はむ」と訓む説を採っている。従って、Bの「我も思はむ」という訓み方が、必ずしも定訓になっているとまでは言えないのである。

そこで、本章では、「思はむ」と「偲はむ」の意味・用法の違いや歌の構文・表現・表記などから、いずれの訓み方が当該歌の結句の訓みとして妥当かを検討して、当該歌の訓読と解釈を定めてみたいと思うのである。

二　沢瀉注釈の見解

ところで、当該歌の結句の訓み方を検討するに当たっては、沢瀉注釈が、当該歌の【訓釋】の項で、次のように言っていることを念頭に置いておく必要がある。

「しのふ」は何かの縁にふれて今眼前に無きものを思ひやる意に用ゐる事が通例であり、「おもふ」の方は「念」の字が用ゐられてゐる事が多く、必ずしも縁を必要とせず、絶えず、深く思ひつゞける場合に用ゐられる例（一・二五「思ひつゝぞ來る」訓釋及び考參照）があり、今は上に「形見見つゝ」と云って、「之努波《シノハ》せ」とあり、ここに「年の緒長く」と云って「將レ思」とある事は、「しのふ」と「おもふ」との意義の相違を實にあざやかに示したものと思はれるのでオモハムと訓むべきものだと考へる。[3]

この見解は、以後の諸注に多大な影響を与えている。沢瀉注釈以降に刊行された注釈書・テキスト類が、桜楓（おうふう）本を除いて、全て「思はむ」と訓む説を採っていることからも、その影響の大きさが分かるだろう。従って、当該歌の結句を「思はむ」と訓むのが妥当か、「偲はむ」と訓むのが妥当かを決定するには、沢瀉注釈の見解の当否の検証が不可欠である。以下、論の展開に応じて、沢瀉注釈の見解の当否を検証しつつ、当該歌の結句の訓み方を検討して行こうと思う。

三　「思はむ」と「偲はむ」の意味・用法の差異

先ず、「思はむ」と「偲はむ」の意味・用法の違いから、当該歌の結句の訓み方を検討してみたい。沢瀉注釈の「偲ふ」と「思ふ」の違いが縁に触れる物を必要とするかしないかにあるという見解については、歌の構文と関係する問題なので次節で検討する。

さて、「思ふ」と「偲ふ」の意味の違いは、一般に、「思フが思考一般を意味するのに対して、シノフはある対象に引き付けられる心を示す」と説明されている通りであり、[4] より具体的には、内田賢徳氏が指摘したように、「思ふ」が「未知のものや不可視のものをも対象にする」のに対して、「偲ふ」は「その対象は不在の、あるいは失われたものではあっても」「狭く、既知の可視的なものを、どちらかと言えば想起する」ところにあると言える。[5] すると、笠女郎は、当該歌で、「心を」「引き付けられる」「対象」であり、「既知の可視的な」相手である大伴家持への恋心を述べているのであるから、当該歌の結句は、「我も偲はむ」と訓む方が歌の意味として妥当なのではないだろうか。

また、「偲はむ」と「思はむ」には、用法の上でも、以下に述べるような大きな違いが見られる。万葉集中に、「偲はむ」の例は、二十一例あるのだが、次に示す①のような平叙文の例が十九例を占めている。[6] 残る二例は、②の疑問文と③の反語文の例である。つまり、「偲はむ」の方は、種々の型の文例があるのだが、平叙文の例が圧倒的に多いのである。

① 葦の葉に夕霧立ちて、鴨が音の寒き夕し汝をば偲はむ〈思努波牟〉。(14・三五七〇)

② ひさかたの天照る月の隠りなば、何になそへて妹を偲はむ〈偲〉。(11・二四六三)

③ 足柄の八重山越えていましなば、誰をか君と見つつ偲はむ〈志努波牟〉。(20・四四四〇)

それに対して、「思はむ」の方は、次に示すように、万葉集中の七例の内五例までが、④のような「何をか思はむ」という形の反語文の例であり、[7] 残る⑤⑥の二例も、疑問文の例であって、平叙文の例が一例もないのである。

④ 今更に何をか思はむ〈将念〉。うちなびき心は君に寄りにしものを。(4・五〇五)

⑤ うつせみの世の事なれば、外に見し山をや今はよすかと思はむ〈思波牟〉。(3・四八二)

⑥ 須磨の海人の塩焼き衣のなれなばか、一日も君を忘れて思はむ〈将念〉。(6・九四七)

この現象は、「偲ふ」が「既知の可視的なもの」を対象とし、「思ふ」が「未知の不可視のものをも」

対象にするという意味の違いと深く関わっていると推察されるが、ここでは、「偲はむ」には平叙文の例が多く、「思はむ」には平叙文の例がないという事実を重んじたい。当該歌には、結句に係る疑問詞や疑問助詞はなく、結句は言うまでもなく平叙文である。従って、「偲はむ」と「思はむ」の用法の違いから考えても、当該歌の結句は、「我も偲はむ」と訓む方が妥当であると思われる。

四　当該歌の構文と表現

次に、歌の構文と表現から、当該歌の結句の訓み方を検討してみよう。沢瀉注釈は、歌の前半部分には、「我が形見見つつ」のように、縁に触れる物を含む表現があって、それを「之努波世」が受け、歌の後半部分には、縁に触れる物を含む表現がなく、「年の緒長く」のように、絶えず長く続けることを意味する表現を「将思」が受けるという、歌の前半と後半の構文の違いに注目している。そして、その構文の違いが「偲ふ」と「思ふ」の意義の相違を鮮明に示したものと見て、結句の「将思」は「思はむ」と訓むべきであるとしている。この中で、歌の表記に関する問題については後述するとして、本節では、歌の構文に関する沢瀉注釈の見解の当否を検証しておく。

確かに、沢瀉注釈の言うように、「近くにいない人や物事を思い慕う」[8]意の「偲ふ」は、

(一) 年の経ば、見つつ偲へ〈偲〉と、妹が言ひし衣の縫目見れば悲しも。(12・二九六七)

のように、縁に触れる物が仲立ちとなって、その場にいない人や物を思い慕うのが一般的である。しかし、「偲ふ」には、次のように、縁に触れる物を歌わない例もある。[9]

(二) 山越の風を時じみ、寝る夜落ちず、家なる妹をかけて偲ひつ〈小竹櫃〉。(1・六)

つまり、「思ふ」の方だけではなく、「偲ふ」の方も、必ずしも縁に触れる物を必要とする訳ではないのである。従って、歌の後半部分に縁に触れる物を含む表現がないという点に注目しても、「思はむ」と「偲はむ」のいずれが当該歌の結句の訓みとして妥当かを決定することはできないのである。また、「年の緒長く」のような絶えず長く続けることを意味する表現を結句が受けるという点に注目しても、「思はむ」と「偲はむ」のいずれが当該歌の結句の訓みとして妥当かを決定することはできない。なぜなら、沢瀉注釈は、「思ふ」の方にだけ例があるような言い方をしているが、「偲ふ」の方にも、次のように、絶えず長く続けることを意味する表現を受けた例があるからである。

(三) ……音のみも、名のみも絶えず、天地のいや遠長く偲ひ行かむ〈思将往〉。……(2・一九六)

(四) 延ふ葛の絶えず偲はむ〈之努波牟〉。大君の見しし野辺には標結ふべしも。(20・四五〇九)

即ち、沢瀉注釈が注目した歌の前半と後半の構文の違いは、「偲ふ」と「思ふ」の意義の相違を示したものとは言えず、結句の「将思」を「思はむ」と訓む証拠にはならないのである。

沢瀉注釈に代表される「思はむ」説を採る諸注は、全く注目していないが、歌の構文という観点から、当該歌の結句の訓みを考える場合は、結句の「我も将思」の「も」の存在を重視すべきであると思う。

この「も」は言うまでもなく、並列を表す助詞「も」である。佐佐木論文は、この「も」に注目して、

第五句における助詞「モ」は、あいてに対して「シノハセ」といった、それと同様のことを「ワレモ」しよう――すなわち「シノハム」――の意であり、そのように解してこそ、この助詞をもちいた意図が、より精確にとらえられるものとかんがえられる。

と言っている。並列を表す助詞「も」が用いられた当該歌の構文から、「偲はむ」説を採るべきであるとする見解を示しているのである。この佐佐木論文の見解は、正鵠を射ていると思われる。

もう一度、当該歌の構文を見直してみよう。当該歌は、【――偲はせ（＝動詞命令形）。――我（＝一人称代名詞）＋も――動詞未然形＋む。】[10] という構文になっている。万葉集中に、このような構文の例は、当該歌の他に、次に示す(五)(六)の二例がある。

(五) ……息《やす》むことなく、通ひつつ作れる家に、千代まで来ませ〈来座〉[11]。大君よ。我《われ》も通はむ〈吾毛通武〉。（1・七九）

(六) ……娘子壮士の行き集ひかがふ燿歌《かがひ》に、人妻に我《わ》も交はらむ〈吾毛公牟〉。我が妻に人も言問へ〈他毛言問〉。……（9・一七五九）

㈤の例では、「我も」を介して、一定の場所を目指して来るように相手に呼び掛ける「来ませ」に、同じく一定の場所を目指して行き来しようという自分の意志を示す「通はむ」という表現が呼応しており、作者は、大君に対して、「自分が休まず通い続けて作った家にいつまでもお越し下さい。」と懇願し、同様に、その家に「私も通いましょう。」と言っている。㈥の例は、語句が倒置されているので、普通の語順に整理して示すと、「我が妻に人も言問へ。人妻に我も交はらむ。」となる。つまり、㈥の例では、「我も」を介して、女性に関係を求めるように男性達に呼び掛ける「言問へ」に、同じく女性達と関係しようという男性の意志を示す「交はらむ」という表現が呼応しており、作者は、燿歌に集まった男達に対して、「私の妻に言い寄れ。」と勧誘し、同様に、「人の妻と私も交わろう。」と言っているのである。いずれの例も、「我も」を間に置いて、同じような行為を意味する表現が呼応しており、作者が、相手に懇願、または勧誘したことと同様のことを自分もしようという意志を表明している。当該歌も、これらの例と同じ構文であるから、佐佐木論文の言う通り、「我も」を間に置いて、自分を慕うように相手に呼び掛ける「偲はせ」には、同じく相手を慕おうという自分の意志を示す「偲はむ」という表現が呼応すると見るべきであり、作者の笠女郎は、家持に対して、「私の形見を見ながら私をお慕い下さい。」と懇願し、同様に、「私もあなたを慕いましょう。」という意志を表明していると解するのが道理であろう。即ち、歌の構文から見ても、当該歌の結句は、「我も偲はむ」と訓むのが妥当であると判断されるのである。

加えて、次の贈答歌の表現にも注目したい。天平十一年秋九月に坂上大嬢は、大伴家持に秋稲の蘰を添えて、

㈦　我が蒔ける早稲田の穂立作りたる蘰ぞ。見つつ偲はせ〈師弩波世〉。我が背。（8・一六二四）

という歌を贈っている。これに答える家持の歌一首（8・一六二五）を間に挟み、更に、大嬢が身に着けている衣を脱いで贈ったことに対して、重ねて家持が答えた歌がある。それが、次の歌である。

㈧　秋風の寒きこのころ下に着む。妹が形見とかつも偲はむ〈思努播武〉。（8・一六二六）

大嬢が㈦の歌で「見つつ偲はせ。」と呼び掛け懇願したことに、家持は㈧の歌で「かつも偲はむ。」と応じている。この表現の呼応は、当該歌の第二句の「見つつ偲はせ。」という相手へ懇願した表現に応じる結句の表現として、やはり「我も偲はむ。」が相応しいということの証拠となる。その上、右の㈦㈧の歌の「見つつ偲はせ」「妹が形見」「かつも偲はむ」という表現は、当該歌の「我が形見」「見つつ偲はせ」「我も偲はむ」という一首の歌の表現を二首の贈答歌に分けたような表現なのである。万葉集中に、「（我・妹）が形見」「見つつ偲はせ」「（我・かつ）も偲はむ」という表現を共有し、これ程緊密に表現の上で対応する歌は、当該歌と大嬢・家持の贈答歌の他にはない。大嬢と家持は、嘗て家持が笠女郎から贈られた歌の表現を踏まえて、それを機軸に贈答歌の表現を構成したのであろう。

この事実は、家持達が当該歌の結句を「我も偲はむ」と訓んでいたことを裏付ける。右の(七)(八)の贈答歌の表現は、当該歌の結句を「我も偲はむ」と訓むのが正しいことを証明する貴重な実例なのである。

五　当該歌群の表記

続いて、歌の表記から、当該歌の結句の訓み方を検討してみたい。沢瀉注釈は、第二句が「之努波世」という音仮名表記になっており、結句が「将思」という正訓字表記になっていることを根拠に「思はむ」説を支持しているようである。しかしながら、このような見方は、いかがなものか。改めて言うまでもなく、万葉集では、「思」の字は、「おもふ」の表記に当てられているだけではなく、「しのふ」の表記にも当てられているので、「将思」という表記は、「おもはむ」と訓むこともできるが、「しのはむ」と訓むこともできるのである。しかも、沢瀉注釈自身が指摘しているように、万葉集における「おもふ」の表記には、「『念』の字が用ゐられてゐる事が多」いのである。実際、当該歌群二十四首には、「おもふ」の例が十二例あるのだが、その内十一例（4・五九一、五九四、五九五、六〇一、六〇二、六〇三、六〇五、六〇六、六〇七、六〇八、六〇九）までが「念」の字で表記されている。[12] 従って、当該歌群においても、「おもふ」の表記には、「思」の字ではなく、「念」の字を用いるのが通例であったと言える。

当該歌群の中で「おもふ」を表記するのに、「思」の字が使用された例は、次に示す二十二首目の一例だけである。

㋐　相思《おも》はぬ〈不相念〉人を思《おも》ふは〈人乎思者〉、大寺の餓鬼の後《しりへ》に額つくごとし。（4・六〇八）

但し、㋐の例は、同じ動詞「おもふ」を表記するのに、同一表記の使用を回避して、第一句では「念」の字を使用し、第二句では「思」の字を使用するという、「同語異表記」[13]が行なわれた特殊な例なのである。当該歌群の中で使用された「思」の字は、「同語異表記」が行なわれた特殊な例に限られているのである。当該歌の「思」の例も、同じ動詞「しのふ」を表記するのに、同一表記の使用を回避して、第二句では「之努波世」と音仮名を使用し、結句では正訓字の「思」の字を使用するという、「同語異表記」が行なわれた特殊な例と見るべきである。訓字主体表記の当該歌群において、当該歌の第二句を「之努波世」と音仮名表記にしたのは、結句の「思」との同一表記を回避すると同時に、[14]問題の「吾毛将思」の「思」が「しのふ」の正訓字表記であることを示唆して、結句を「われもしのはむ」と訓ませるための工夫であろう。仮に、結句を「われもおもはむ」と訓ませるつもりであれば、当該歌群の表記の通例に従って、「念」の字を用いて、当該歌群の二十首目の第一句「われもおもふ」を「吾毛念」（4・六〇六）と表記したように、「吾毛将念」と表記したはずである。そうした表記を採らなかったことが、逆に、結句を「われもしのはむ」と訓むべきであることを裏付けていると言えよう。因って、沢瀉注釈の歌の表記から「思はむ」説を支持する見方は成立しない。歌の表記から見ても、当該歌の結句は、「我も偲はむ」と訓むのが妥当ということになるのである。

なお、笠女郎は、当該歌群の二十二首目では、「おもふ」の表記に「思」を使用して、冒頭歌である当該歌においても、なぜ、「しのふ」の表記に確実に「しのふ」と訓める「偲」の字を使用せずに、「おもふ」の表記と同じ「思」の字を使用したのかという疑問もあろう。しかし、笠女郎は、歌の表記に「偲」の字を一度も使用していないのである。歌を贈られた相手である大伴家持も、歌の表記に「偲」の字を「いや年〈登偲〉のはに」（17・三九九二）というように、音仮名として使用してはいるが、「しのふ」を表記する正訓字としては使用していない。また、家持と歌の贈答を交わした相手の歌の表記にも、「偲」の字が「しのふ」を表記する正訓字として使用された例はないのである。つまり、大伴家持関係の歌では、「偲」の字が「しのふ」を表記する正訓字として使用されることはなかったのである。因みに、家持は、音仮名表記の例を除くと、「見つつ偲《しの》へ〈思〉と」（3・四六四）、「思《おも》はね〈不思〉ば」（3・四七六）というように、「しのふ」の表記にも、「おもふ」の表記にも、「思」の字を使用している。「しのふ」「おもふ」共に正訓字としては「思」の字を用いて表記するというのが、家持の歌の表記の選択傾向なのである。従って、家持関係歌である当該歌群において、「おもふ」と「しのふ」の正訓字表記として、同じ「思」の字が使用されることは、決して不自然なことではない。

ところで、当該歌群では、同じ語を表記するのに、音仮名と正訓字で「同語異表記」が行なわれた例は、当該歌の他にはない。しかし、十七首目に次のような例がある。

㋑　思ふにし死にするものにあらませば〈麻世波〉、千度ぞ我は死にかへらまし〈益〉。（4・六〇三）

右の㋑の例は、同じ反実仮想の助動詞「まし」を表記するのに、同一表記を回避して、第三句では「麻世」と音仮名を使用し、結句では借訓字の「益」の字を使用するという、「同語異表記」が行なわれた例である。無論、当該歌の場合は、音仮名と正訓字、㋑の歌の場合は、音仮名と借訓字という違いはあるが、音仮名と訓字で「同語異表記」が行なわれているという点は共通する。このような例が同じ歌群の中にあるのだから、動詞「しのふ」を表記するのに、音仮名と正訓字で「同語異表記」が行なわれたとしても、別に不思議なことではないのである。

六　「我も思はむ」説と字余りの法則

そもそも、万葉集中には、「我も偲はむ」の例は、巻十の出典未詳の七夕歌に「吾裳将偲《われもしのはむ》」（10・二〇九〇）という例が一例あるのだが、「我も思はむ」の例は、一例もないのである。それに、結句を「ワレモオモハム」と訓むと、句中に単独母音「オ」がありながら、字余りを生じない形になり、木下正俊氏の言われる「準不足音句」になるということを忘れてはならない。[15]

第三節で述べたように、万葉集中には、「思はむ」の例は、七例ある。それらの例は、毛利正守氏の言われる字余りが生じやすい(a)グループ（短歌第一・三・五句、長歌五音句・結句、旋頭歌第一・三・四・六句）、字余りが生じにくい(b)グループ（短歌第二・四句、長歌七音句、旋頭歌第二・五句）[16]に関係なく、次のように、全て字余りを生じているのである。

Ⓐよすかと思《おも》はむ〈因香跡思波牟〉（3・四八二、短歌第五句）、Ⓑ何《なに》をか思《おも》はむ〈何乎可将念〉（4・五〇五、短歌第二句）、Ⓒ忘《わす》れて思《おも》はむ〈忘而将念〉（6・九四七、短歌第五句）、Ⓓ何《なに》をか思《おも》はむ〈何物可将念〉（8・一五八六、短歌第五句）、Ⓔ何《なに》をか思《おも》はむ〈何物可将念〉（10・二二七〇、短歌第五句）、Ⓕ何《なに》をか思《おも》はむ〈奈尓乎可於母波牟〉（17・三九六七、短歌第五句）、Ⓖ何《なに》をか思《おも》はむ〈奈尓乎加於毛波牟〉（20・四四八六、短歌第五句）。

従って、当該歌だけが、字余りを生じない「準不足音句」になるとは考え難いのである。万葉集中に、「我も思はむ」の例が一例もないという事実と考え合わせると、「我も思はむ」という訓み方は、語法上、成立する余地はないと言ってよい。[17]

「準不足音句」という術語の創案者である木下正俊氏は、当該歌の結句を「我も思はむ」と訓むと「準不足音句」になるとして、「意味の上からもシノハムの方がよかろう。」と言い、当初は「我も偲はむ」

と訓む説を支持していた。[18] しかし、後に共著の形で刊行した塙本・小学館古典全集・小学館完訳・新編小学館古典全集では、「思はむ」説に従っているし、単著で刊行した全注でも、当初の見解について、全く言及することなく、「思はむ」説を採っている。おそらく考えを改めたのであろう。だが、木下氏が改めた当初の見解の方が考える方向を誤っていなかったと筆者は思う。当該歌の結句は、間違いなく「我も偲はむ」と訓むべきものなのである。

七　おわりに

以上、検討して来た結果、当該歌は、次のように訓読し解釈するのが妥当である。

○　我《わ》が形見《かたみ》、見つつ偲《しの》はせ。あらたまの年の緒《を》長く我《われ》も偲《しの》はむ。

——私の形見を見ながら私をお慕い下さい。年月長く私もあなたを慕いましょう。——

笠女郎は、やがて来る家持との別れを予見するかのように、家持への恋慕の情を述べているのである。

本章では、笠女郎の大伴家持に贈る歌の冒頭歌の結句の訓読と解釈について、卑見を述べてみた。諸賢の御批正を懇請する次第である。

注

1　歌の理解の助けのために、筆者の判断で句読点を付けた。

2　古い注釈書では、「シノバン」「シヌハム」と訓んでいるものもあるが、便宜上、「シノハム」説として扱っておく。以下、特に振り仮名を付けずに、「ワレモシノハム」説を「我も偲はむ」、「ワレモオモハム」説を「我も思はむ」と表記する。

3　沢瀉久孝氏は、注釈より早く「見つつ偲ばな巨勢の春野を」『万葉古径〈二〉』（昭和二十二〈一九四七〉年十月、全国書房）において、同様の見解を示している。ただ、研究史としては、注釈の方が後の注釈書・テキスト類に与えた影響が大きいと思われるので、沢瀉説の引用は、注釈の方に拠った次第である。

4　『時代別国語大辞典〈上代編〉』（昭和四十二〈一九六七〉年十二月、三省堂）の「しのふ」の項目。

5　内田賢徳氏「上代語『シノフ』の意味・用法」『日本文学研究』第二十一号（平成二〈一九九〇〉年二月、帝塚山学院大学文学部日本文学会）。後に『上代日本語表現と訓詁』（平成十七〈二〇〇五〉年九月、塙書房）所収の二五三頁。

6　残る十八例の歌番号を示しておく。2・一九九、二二五、二三三、7・一二四八、一二七六、一二九四、8・一六二六、9・一七七六、10・二〇九〇、二三三四、14・三五一六、三五二〇、15・三七二五、

16・三八六二、20・四三二七、四四四八、四四七五、四五〇九。なお、当然のことながら、「賞美する」意の「シノハム」の例は除いてある。

7 第六節で全用例を示す。

8 『万葉ことば事典』（平成十三〈二〇〇一〉年八月、大和書房）の「しのふ」の項目。この項目は、寺田恵子氏が担当。

9 佐々木民夫氏「万葉集『シノフ』考」『岩手県立盛岡短期大学研究報告』第三十六号（昭和六十〈一九八五〉年三月、岩手県立盛岡短期大学研究部）。後に『万葉集歌のことばの研究』（平成十六〈二〇〇四〉年二月、おうふう）所収の一六三頁。及び、内田賢徳氏（注5）前掲書の二五二頁に㈡の歌が挙げられている。

10 「偲はせ」は、四段活用の動詞「偲ふ」の未然形に尊敬の助動詞「す」の命令形「せ」が付いた形である。

11 原文「来座」の「来」を「尓」の誤字と見て、上句に続けて「千代までに〈尓〉いませ。大君よ。」と訓むのが通説であるが、誤字説を採らず、原文に忠実に訓む武田全註釈・阿蘇全歌講義の訓みに従った。

12 「おもふ」の例には、動詞「おもふ」の例だけではなく、動詞「おもふ」の名詞形「おもひ」の例も含む。

13 佐佐木隆氏は、本章で佐佐木論文と略称して引用して来た論文に先駆けて、同一用字連接の回避である「変字法」と区別して、同語再出時における同一用字の回避を「同語異表記」と規定する論文を公にしている。「『万葉集』のうたの文字化」『文学』第四十四巻五号（昭和五十一〈一九七六〉年五月、岩波書店）。

14 佐佐木論文も、第五句の「思」を回避して、第二句を音仮名表記にしたと見ている。

15 木下正俊氏「準不足音句考」『万葉』第二十六号（昭和三十三〈一九五八〉年一月、万葉学会）。後に『万葉集語法の研究』（昭和四十七〈一九七二〉年九月、塙書房）所収。

16 毛利正守氏「万葉集に於ける単語連続と単語結合体」『万葉』第百号（昭和五十四〈一九七九〉年四月、万葉学会）をはじめとする氏の字余りに関する一連の論考。特に「オモフ」の字余りを取り上げた論として、毛利氏には、「万葉集・オモフの字余りと脱落現象」『親和国文』第十七号（昭和五十七〈一九八二〉年十二月、神戸親和女子大学国語国文学会）がある。

17 鶴久氏は、巻九の一七七六番歌の結句「君乎（之）将思」の「将思」の訓みが「オモハム」と「シノハム」とに分かれていることについて、「オモハムと訓めば結句における準不足音句となな」るので、結句の「将思」は、「オモハムではなくシノハムと訓むべき」であると言っている。『万葉集訓法の研究』（平成七〈一九九五〉年十月、おうふう）二一八頁。筆者は、鶴氏の説に従って、一七七六番歌を「偲はむ」の例として扱った。なお、鶴氏は、当該歌の結句の訓み方については、論じていないが、この論法は、そのまま当該歌の結句の「将思」の訓み方を決定する際にも適応することができる。

18 木下正俊氏（注15）前掲書四二三頁。

第三章　万葉集巻十四「東歌」解釈一題　――「いで子賜《たば》りに」考――

一　はじめに

万葉集巻十四の「東歌」の未勘国歌の「雑歌」の部の三首目に、次のような歌が採録されている。[1]

○　この川に朝菜洗ふ子、汝《なれ》も我《あれ》もよちをぞ持てる。いで子賜《たば》りに〈伊偲兒多婆里尓〉。一に云ふ、汝《まし》も我《あれ》も。　（14・三四四〇）

右の歌は、古来、解釈に問題があって、未だに議論の対象となっているようである。その問題の一つは、第二句の「朝菜洗ふ子」の「子」と結句の「いで子賜りに」の「子」の関係、そして、第四句の「よちをぞ持てる」の「よち」の意味が、それぞれ明確ではないことにあった。万葉集中に「よち」の例は、当該歌の他に四例（5・八〇四、13・三三〇七、三三〇九、16・三七九一）あり、いずれも、同年輩の子を意味しており、その中には「吾同子《よちこ》」（13・三三〇七）という表記例もあることから、「よち」は、同年輩の子「同輩《よち》」の意味と見てよい。ただ、当該歌の場合は、それだけではなく、鴻巣全釈が述べたように、男女の性器をも譬えた隠語と見るべきだろう。また、第二句の「子」と結句の「子」

の関係については、加藤静雄氏が、第二句の「子」は、「娘」の意味で、結句の「子」は、今日でも男女の性器を「子」に譬えることがあることから、「よち」を言い換えたもので、「娘」の「子」である「よち」の意味であるとする見解を提出している。[2] この見解は、極めて妥当であると思われる。従って、第二句の「子」と結句の「子」の関係、及び、第四句の「よち」の意味をどう捉えるかという問題は、解決されたと言ってよいだろう。しかしながら、当該歌には、もう一つ諸注の間で解釈が分かれていて未解決のまま残されている問題がある。それは、結句の「いで子賜《たば》りに」の「たばりに」を文法的にどのように分析して解釈するかという問題である。

そこで、本章では、当該歌の結句の「いで子賜りに」の「たばりに」に対する諸注の解釈の問題点を検証し、この語句の文法的に正しい解釈を明らかにして、歌全体の解釈を定めてみたいと思うのである。

二　諸注の見解

先ず、「いで子賜りに」の「たばりに」について、古注釈から現代注釈書に至るまでの諸注が、どのような見解を提示しているのかという点を明らかにしておきたい。この「たばりに」に対する諸説を分類して示すと、次のようになる。

A　「たばりに」の「たばり」は、「たまはる」を約した「たばる」の連用形で、「に」は、希求の終助詞「ね」の訛音と見る説。……代匠記・考・略解・古義・井上新考・鴻巣全釈・松岡論究・豊田研究・窪田評釈・小学館古典全集・小学館完訳・新岩波古典大系・岩波文庫。

B　「たばりに」の「たばり」は、「たばる」の未然形「たばら」の訛音で、「に」は、希求の終助詞「な」の訛音と見る説。……折口総釈・佐佐木評釈・桜井旺文社文庫。

C　「たばりに」の「たばり」は、「たまはる」を約した「たばる」の未然形「たばら」の訛音で、「に」は、希求の終助詞「ね」の訛音と見る説。……土屋私注・中西講談社文庫・多田全解。

D　「たばりに」の「たばり」は、「たまはる」を約した「たばる」の連用形で、「に」は、格助詞であり、「に」の下に「行かむ」という語句が省略された形と見る説。……武田全註釈・大成本文篇・沢瀉注釈・新編小学館古典全集・伊藤釈注・稲岡和歌文学大系。

E　「たばりに」の「たばり」は、「たまはる」を約した「たばる」の連用形で、「に」は、相手に強く望む意味の完了の助動詞「ぬ」の命令形「ね」の訛音と見る説。……岩波古典大系・水島全注。

Ｆ「たばりに」の「たばり」は、「たばる」の未然形「たばら」の訛音で、「に」は、希求の終助詞と見る説。……新潮古典集成。

Ｇ「たばりに」の「たばり」は、「たまはる」を約した「たばる」の連用形で、「に」は、希求の終助詞「な」の訛音と見る説。……阿蘇全歌講義。

右のように、七通りの説に分かれているのであるが、「たばり」に関して言えば、「たばる」の連用形の「たばり」と見る説（ＡＤＥＧ）と「たばる」の未然形の「たばら」の訛音と見る説（ＢＣＦ）の二通りの見解が対立しており、「に」に関して言えば、希求の終助詞の「ね」の訛音と見る説（ＡＣ）と希求の終助詞「な」の訛音と見る説（ＢＧ）と訛音とは見ないで「に」をそのまま希求の終助詞と見る説（Ｆ）と完了の助動詞の「ぬ」の命令形の「ね」の訛音と見る説（Ｅ）と格助詞の「に」と見る説（Ｄ）の五通りの見解が対立していると言える。

次に、近代以降の諸注が、「たばりに」に対して、どのような現代語訳を付けているのかという点に注目してみよう。

ＡＣＥＦＧ説を採る諸注は、いずれも「たばりに」を相手への希望を表すと見て、「おくれよ」「下さいな」と現代語訳しており、Ｂ説を採る諸注は、「たばりに」を作者の希望を表すと見て、「頂きましょう」「頂戴しましょう」と現代語訳し、Ｄ説を採る諸注は、「たばりに」を作者の意志を表すと見て、「頂きに行こう」「頂戴しに行こう」と現代語訳しているのである。[3] 従って、「たばりに」という語句が表す意味については、三通りの見解が対立していることになる。

果たして、文法的な分析に無理がなく、現代語訳も的確な解釈は、いずれの説なのか。次節以下で、詳しく検討してみようと思う。

三　通説への疑問

前節で見たように、諸注の大半と言えるＡＣＥＦＧ説を採る諸注が、「たばりに」を「おくれよ」「下さいな」と現代語訳している。この事実から、当該歌の「いで子賜りに」は、相手への希望を表し、「さあ、その子を私に下さい。」という意味に解釈するのが、通説と判断してよいだろう。この中の「たばりに」の「に」を希求の終助詞の「な」の訛音と見るＧ説については後述するので今は除外するとして、「に」を希求の終助詞の「に」、または、希求の終助詞の「ね」の訛音、あるいは、完了の助動詞の「ぬ」の命令形の「ね」の訛音と見るＡＣＥＦ説に、文法上の問題はないのかどうかを先に検討してみたい。

上代における希求を表す「ね」の例を見てみよう。[4]

① 雲雀は天に翔る。高行くや速総別、鷦鷯《さざき》捕らさね〈登良佐泥〉。（記・六八）
② 我が背子は仮廬作らす草《かや》無くは、小松が下の草《くさ》を刈らさね〈苅核〉。（1・一一）
③ あしひきの山飛び越ゆる雁がねは、都に行かば、妹に逢ひて来ね〈許祢〉。（15・三六八七）
①の例は、「速総別」に対して「鷦鷯をお取りなさい。」、②の例は、「我が背子」に対して「草をお刈りなさい。」、③の例は、「雁がね」に対して「妻に会って来てくれ。」というように、確かに、全て相手に対する希望の気持ちを表す場合に用いられており、自己の希望を表す場合に用いられた例はない。この点は、希求を表す「に」や「に」に「も」が下接した「にも」の場合も同様で、全ての例が相手に対する希望を表しており、自己の希望を表した例はない。
④ ひさかたの天道は遠し。なほなほに家に帰りて業《なり》をしまさに〈奈利乎斯麻佐尔〉。（5・八〇一）
⑤ 紀の国に止まず通はむ。妻の杜、妻賜《たま》はにも〈賜尔毛〉。妻と言ひながら。（9・一六七九、一云）
⑥ 一人のみ聞けばさぶしも。ほととぎす、丹生の山辺にい行き鳴かにも〈鳴尔毛〉。（19・四一七八）
⑤の例は、「妻の杜」に対して「妻を与えて下さい。」、⑥の例は、「ほととぎす」に対して「鳴いておくれ。」というように、いずれも相手に対する希望を表している。右の例の中で、④の例だけは、

希望する相手が示されていないが、この歌は、山上憶良の「令反或情歌」の長歌の反歌であるから、「家に帰って仕事をしなさいな。」という希望は、やはり、この歌の中で、憶良が人の道を教え諭している相手である「倍俗先生」に対して向けられたものなのである。

従って、「たばりに」の「に」を希求の終助詞の「に」、または、希求の終助詞の「ね」の訛音、あるいは、完了の助動詞の「ぬ」の命令形の「ね」の訛音と見て、「いで子賜りに」を「さあ、その子を私に下さい。」という相手への希望を表した意味に解釈することには、何も問題がないように思われる。

だが、希求の「ね」や「に」は、右に示した①から⑥までの例から分かるように、動詞の未然形から接続するのであって、連用形から続く例は、上代では見られない。その点において、先ず、「たばり」を「たばる」の連用形と見て、「に」を希求の「ね」の訛音と見るA説には、無理があると言える。また、「たばりに」の「に」を連用形に接続する完了の助動詞「ぬ」の命令形の「ね」の訛音と見て、相手に強く望む意味を表すと見るE説も、希望を表す「に」や「ね」に連用形から続いた例がないのであるから、無理があると言わなければならない。[5]

では、「たばり」を「たばる」の未然形「たばら」の訛音と見て、「に」を希求の終助詞「ね」の訛音と見るC説と、同じく「たばり」を「たばる」の未然形「たばら」の訛音と見て、「に」を訛音とせず、そのまま希求の終助詞と見るF説は、どうであろうか。この説は、希求の「ね」や「に」が未然形に接続することから、接続の形式という点においては、無理はない。しかし、「たばり」を「たばら」の訛音であるとして、ア列音がイ列音に交替する〔a＞i〕という母音交替が起きたことを想定する点に無理があると思われる。なぜなら、福田良輔氏が言う通り、東歌における〔a＞i〕の交替例は、相模の国の歌に限定されている上に、動詞の例はなく、地名の「あしがら（足柄）」が「あしがり」になっている例が五例（14・三三六八、三三六九、三三七〇、三四三一、三四三二）あるのみであり、局地的な訛音と見るべきであって、東歌全体の方言的な特色とは考え難いからである。[6] 因って、「たばり」を「たばる」の未然形「たばら」の訛音とは見做し難く、C説とF説に従うことも躊躇されるのである。

四　「たぶ」「たまふ」と「たばる」「たまはる」の差異

そもそも、前節で示した⑤の例の「妻賜《たま》はにも」のように、「たまはに」【＝「たまふ」の未然形＋希求の終助詞「に」】であれば、相手に対して、「下さい」と言った意味になるが、「たばりに」を相手に対して、「下さい」と言った意味に解釈することは、文法的に無理なのではないだろうか。「たばりに」を「下さい」の意味に解釈する諸注は、「たまふ」の約の「たぶ」と「たまはる」の約の「たばる」とを混同しているように思われる。両者は、区別のある言葉である。宣命や後世では、時に混同しているような例が見られる場合もあるようであるが、[8]万葉集では、両者は、截然と区別されて用いられている。

では、両者は、どう違うのか。端的に言うと、「たぶ」「たまふ」は、動作を為す側に立つ尊敬語（動作主尊敬語）であり、「たばる」「たまはる」は、動作を受ける側に立つ謙譲語（対象尊敬語）である。現代語で言えば、「下さる」と「頂く」の違いのようなものがあるのである。

先ず、「たぶ」「たまふ」の例を見てみよう。[9]

(1) 我が聞きし耳によく似る。葦の末《うれ》の足痛《ひ》く我が背、勤め賜《た》ぶ〈多扶〉べし。 （2・一二八）

(2) 我が主の御霊賜《たま》ひて〈多麻比弖〉、春さらば、奈良の都に召上《めさ》げ賜《たま》はね〈多麻波祢〉。 （5・八八二）

(3) ……この見ゆる天の白雲、わたつみの沖つ宮辺に立ち渡り、雨も賜《たま》はね〈多麻波祢〉。 （18・四一二二）

(4) あかねさす昼は田賜《た》びて〈多婢弖〉、ぬばたまの夜の暇に摘める芹、これ。 （20・四四五五）

⑴は「大事になさって下さい」、⑵は「御心を下さって」「呼び戻して下さい」、⑶は「雨を与えて下さい」、⑷は「田を授けて下さって」という意味である。⑴⑵⑶の例は、相手が主語になっている。⑷の例だけは、自分が主語になっているが、これは、天皇の公務を代行した権威ある者として、自己の動作を敬った自敬表現という特殊な例なのである。だが、いずれも動作を為す側に立っての言い方である点では変わりはない。⑵の「召上げ賜はね」のように用いられるのも、「たまふ」が動作を為す側に立つ言い方である所以である。

次に、「たばる」「たまはる」の例を見てみよう。[10]

⑸ 玉に貫き、消《け》たず賜《たば》らむ〈賜良牟〉。秋萩の末《うれ》わらわばに置ける白露。（8・一六一八）

⑹ 寺々の女餓鬼申さく、大神《おおみわ》の男餓鬼賜《たば》りて〈被給而〉、その子生まはむ。（16・三八四〇）

⑺ 足柄の御坂賜《たま》はり〈多麻波理〉、顧みず我《あれ》は越《く》え行く。……（20・四三七二）

⑻ 復《また》詔《の》りたまはく、此の賜《たま》ふ〈賜布〉帯を賜《たま》はりて〈多万波利弖〉、……（続紀宣命、第四十五詔）

⑼ ……朕一人のみや慶《よろこ》ばしき貴き御命《おほみこと》を受け賜《たま》はらむ〈受賜牟〉。……（続紀宣命、第二十五詔）

⑽ ……持ち斎《ゆま》はり仕へまつれる幣を、神主・祝部等受け賜《たま》はりて〈受賜弖〉、……（祝詞、祈念祭）

⑸は「消さないまま頂きましょう」、⑹は「男餓鬼を頂いて」、⑺は「坂を通して頂いて」という意

味である。⑸⑺の例は、自分が主語、⑹の例は、「女餓鬼」が主語になっているが、いずれも動作を受ける側に立っての言い方である点では一致している。⑹の歌の原文「被給」の用字からも、「たまはる」が受ける側に立つ言い方であることが理解できるだろう。⑻の宣命の例は、尊敬語の「たまふ」と謙譲語の「たまはる」が連続しており、「この下った帯を頂いて」という意味であるから、「たまふ」と「たまはる」の違いがよりはっきりと分かると思う。⑼の宣命や⑽の祝詞の「うけたまはる」という言葉が出て来るのも、「たまはる」が受ける側に立つ言い方であることに由来する。

このように、「たぶ」「たまふ」は、動作を為す側に立ち、話し手の動作主への敬意を表す言い方なのである。従って、⑷のような自敬表現の歌の例は別として、「たぶ」「たまふ」の主語は、動作を為す相手である場合が多い。それに対して、「たばる」「たまはる」は、動作を受ける側に立ち、自己の地位を低く扱うことにより、対象への敬意を表す言い方なのである。従って、「たばる」「たまはる」の主語は、動作を受ける自己である場合が普通であるが、動作を受ける者が対者であり、主語が対者になる場合には、⑹のような諧謔的な歌の例は別として、動作を受ける側にある者は身分が低い者として扱われることになる訳であるから、その語を用いる者の地位は神や天皇のような一段と高い者になるのが道理である。特に、相手への希望を述べる場合は、目下の者に命令するような言い方になると考えられる。

万葉集には、「たばる」「たまはる」の命令形の例はないが、宣命には、次のような例がある。

⑾ ……常も賜ふ酒幣《さかまひ》の物賜《ものたま》はれ〈賜礼〉として、御物《おほみもの》賜はくと宣るとのたまふ。……

（続紀宣命、第四十六詔）

⑾の例は、「酒宴の贈り物をお前たちが頂戴せよ。」と天皇が臣下に命令した言い方の例である。命令の言い方も、相手への希望を述べる表現の一種である。[11] 謙譲語の「たばる」「たまはる」が、相手への希望を述べるのに使用されるのは、こうした上位の者が下位の者に命令する場合に限られよう。従って、「いで子賜りに」が、相手への希望を述べた表現であれば、通説のような意味にはならず、⑾の例から類推して、「さあ、自分の娘を下し遣わすゆえに、お前が頂戴するがよい。」というように、主君が家臣に命令するような意味になるはずである。「いで子賜りに」の意味が、このようなものであるとしたら、川で菜を洗っている娘に男が呼び掛けた上の句との意味関係が極めて不自然になる。だが、「たばり」が、謙譲語であることは厳然たる事実であるから、「に」を対者である相手への希望を表す終助詞と見るのであれば、「いで子賜りに」は、文法上、このような意味にしかなり得ないのである。

この「いで子賜りに」を「さあ、その子を私に下さい。」という意味に解釈する通説は、「に」を相手への希望を表す終助詞と見た上に、尊敬語の「たぶ」「たまふ」と謙譲語の「たばる」「たまはる」

とを混同したことに起因する誤解であると言ってよい。例えば、窪田評釈は、「たばりに」を「いただかせて下さい。」と現代語訳している。つまり、謙譲語を解釈したとも尊敬語を解釈したとも受け取れる中途半端な現代語訳を付けているのである。また、多田全解は、「たばりに」に対して、脚注では、「頂戴する意。」と言って、謙譲語を解釈したような注を付け、現代語訳では、「その子をくださいな。」と言って、尊敬語を解釈したような訳を付けている。即ち、脚注と現代語訳とが矛盾しているのである。これらは、校注者が尊敬語の「たぶ」「たまふ」と謙譲語の「たばる」「たまはる」とを混同していたことを示す顕著な事例であろう。なお、謙譲語の「たばり」を通説のように解釈したのでは、尊敬語を解釈したような意味になるという矛盾が生じることを認識したためか、小学館古典全集は、「タバルは他人から物を貰う意の謙譲語であるが、ここは転じて、下さる意の尊敬語に用いている。」と言い、同じ校注者による小学館完訳は、「タバルは頂戴する意の謙譲動詞だが、ここは尊敬動詞タマフの意に用いている。一種の誤用」と言って、その矛盾を解決しようとしている。しかし、万葉集中に、他にそのような例がない以上、これは矛盾の上塗りと言うべきである。通説の「さあ、その子を私に下さい。」という解釈は、「いで子賜りに」の解釈として、文法的に見て、成立する余地はないのである。

前節と本節での検討で、第二節で示した七つの説の中の、「たばりに」を相手に対して、「下さい」

と言った意味に解釈するACEFの四つの説が、文法上、成立し得ないことが明らかになったと思う。従って、成立する可能性があるのは、BDGの三つの説に絞られたことになる。

五　希求の終助詞「な」の訛音説

では、残る三つの説の中の「たばりに」の「に」を希求の終助詞「な」の訛音と見るB説とG説の方から、その当否を検討してみることにしよう。

希求の終助詞「な」は、相手への希望を表す場合も用いられるが、自己の希望を表す場合にも用いられるのである。[12]

㈠すべもなく苦しくあれば、出で走り去《い》なな〈伊奈〻〉。と思へど、此らに障《さや》りぬ。（5・八九九）

㈡馬並めていざうち行かな〈由可奈〉。渋谿の清き磯廻に寄する波見に。（17・三九五四）

㈢道の中国つみ神は、旅行きも為《し》知らぬ君を、恵《めぐ》み賜《たま》はな〈多麻波奈〉。（17・三九三〇）

㈣この御足跡《みあと》や、万光《よろづひかり》を放ち出《い》だし諸々救ひ、済《わた》し賜はな〈多麻波奈〉。救ひ賜はな〈多麻波奈〉。（仏足石歌・四）

㈠は「飛び出して行きたい。」、㈡は「さあ、出かけよう。」という意味で、自己の希望を表した例であり、㈢は越中の国の神に「慈しんで下さい。」と願い、㈣は仏足に「救って渡してあげて下さい。」「救ってあげて下さい。」と願ったもので、相手への希望を表した例である。

このように、希求の「な」には、自己の希望を表した例があることから、当該歌の「たばりに」の「に」を「な」の訛音と見て、「いで子賜りに」を「さあ、その子を頂きましょう。」というように、作者の希望を表すと解釈することには、問題はなく、B説とG説は成立するように思われる。

因みに、B説を提示した折口総釈は、「たばりに」を「頂戴しましょうよ。」と現代語訳し、それに従う佐佐木評釈も、「たばりに」の語釈の項目で「頂きませうの意。」と述べ、同じく桜井旺文社文庫も、「たばりに」を「頂戴しましょう。」と現代語訳している。いずれも「たばり」を謙譲語として解釈しているという点においては、誤解をしてはいない。一方、G説を提示した阿蘇全歌講義は、ACEF説と同様に、「たばりに」を「下さいな。」と現代語訳しており、謙譲語である「たばり」を尊敬語の意味に解釈するという誤解をしている。その点も問題ではあるが、B説とG説には、語句の意味の解釈より前段階の「たばりに」の文法上の分析の仕方に問題がある。

論の本筋に戻ろう。そもそも、「たばりに」の「に」を希求の「な」の訛音と見ることが問題なのである。㈠から㈣までの例から分かるように、希求の「な」もまた、「に」や「ね」と同様に、動詞の未然形から接続する助詞なのであって、「たばり」のような連用形から接続した例はない。従って、「たばる」の連用形「たばり」に希求の「な」の訛音の「に」が付いたと見るG説には、無理があることになる。また、B説は、「たばり」を「たばる」の未然形「たばら」の訛音と見ているが、その見方に難点があることは、第三節で述べた通りである。即ち、「たばり」を「たばら」の訛音と見ることも、不可能なのである。因って、「たばり」を「たばる」の未然形「たばら」の訛音と見て、それに希求の「な」の訛音の「に」が付いたと見るB説にも、無理があることになる。要するに、「たばりに」の「に」を希求の「な」の訛音と見ることが無理なのであり、B説とG説も、文法上、成立し難いと言わなければならない。

六　格助詞の「に」説

さて、残るは、D説のみとなった。D説のように、「たばりに」の「たばり」を動詞「たばる」の連用形、「に」を連用形に下接する格助詞と見て、「に」の下に来るべき「行かむ」という語句が省略されたもので、「いで子賜りに」を作者の意志を表したものと解釈すれば、今まで述べて来た問題は、全て解決する。尤も、水島義治氏は、D説について、「に」の下に「行かむ」が省略されたと見るのは、「語法上の疑問はない」が、「何となく落ちつきが悪いような気もする」と言っている。[13] しかし、果たして、そうであろうか。

上代の和歌には、後に続く語句を省略し、「――に」の形で、余韻を持たせて文を終止した例がある。

㊀ いざ吾君《あぎ》、野に蒜摘みに〈菟湄珥〉。蒜摘みに〈菟瀰珥〉。我が行く道に……（紀・三五）

㊁ 銀も黄金も玉も何せむに〈奈尓世武尓〉。優れる宝子に及かめやも。（5・八〇三）

㊂ 風吹きて海こそ荒るれ、明日と言はば、久しくあるべし。君がまにまに〈随〉。（7・一三〇九）

㊃ 春日野に浅茅標結ひ、絶えめやと我が思ふ人は、いや遠長《とほなが》に〈遠長尓〉。（12・三〇五〇）

㊄ 葛飾の真間の手児名がありしかば、真間のおすひに波もとどろに〈登杼呂尓〉。（14・三三八五）

㊀は「摘みに行かむ。」、㊁は「何せむに宝とせむ。」[14]、㊂は「君がまにまに随はむ。」、㊃は「いや遠長にあらなむ。」、㊄は「波もとどろに響かむ。」と言うべきところを、いずれも下に来る語句を省略し、それぞれ「摘みに」「何せむに」「まにまに」「遠長に」「とどろに」と言って、余韻を持たせて文を終止しているのである。右のような例があるのだから、当該歌の「いで子賜りに」も同様に、「いで子賜りに行かむ。」と言うべきところを、後に続く「行かむ」を省略して、「いで子賜りに」で余韻を持たせて文を終止したものと見ることに何ら不自然な点はないと言ってよい。特に、㊀のように、当該

歌と同じ「行かむ」という語句を省略した例があることも、D説が不自然ではないことを裏付ける重要な証拠となろう。D説が、決して「落ちつきが悪い」などということはないのである。

D説を採る諸注は、「たばりに」を「頂きに行こう。」「頂戴しに行こう。」と現代語訳しており、「たばり」を謙譲語として解釈している点も的確である。「いで子賜りに」の解釈として、文法的な分析に無理がなく、現代語訳も的確な解釈は、D説だけであると言える。

七　おわりに

結局、当該歌は、次のように解釈するのが妥当である。

○　この川に朝菜洗ふ子、汝《なれ》も我《あれ》も同輩《よち》をぞ持てる。いで子賜《たば》りに。

――この川で朝摘んだ菜を洗っている娘さんよ、あなたも私も似合いの同輩《よち》を持っている。さあ、あなたの子である同輩《よち》を頂きに行こう。――

当該歌を、互いに似合いの年頃の娘と息子がいるので、その娘と息子を結婚させようという意味に解釈している注釈書がある。[15] 確かに、「同輩《よち》」は、同年輩の子という意味であるが、最初に述べたように、互いの性器を同年輩の子に譬えた隠語でもある。つまり、「同輩《よち》をぞ持てる。」は、川で朝摘んだ菜を洗っている娘と作者の男の性器が互いに似合いであることを意味しているのであって、互いに似合いの年頃の娘と息子がいるという意味ではない。そして、「いで子賜りに」の「子」は、その「同輩《よち》」を言い換えた表現なのである。[16]従って、当該歌は、朝摘んだ菜を洗っている娘に対して、あなたの「同輩《よち》(=性器)」を頂きに行こうと求婚している男の歌と解釈するのが正しい。

万葉集巻一の巻頭歌の前半部分には、「この岡に菜摘ます子、家告らせ。名告らさね。」(1・一)という、目の前の岡で菜を摘む娘に求婚の呼び掛けをした表現があるが、当該歌の「この川に朝菜洗ふ子、……いで子賜りに。」も、それと同類であり、[17]目の前の川で菜を洗っている娘に求婚の呼び掛けをした表現なのである。

以上、本章で取り上げた問題は、一つの敬語と一つの助詞の解釈に注目し、一首の歌を正確に読解するという、極めて些細な問題であった。しかし、読解の基本にあるべきこととして、このような些細な問題の検討も、決して疎かにしてはならないと思うのである。諸賢の御批正を懇請する次第である。

注

1 歌の理解の助けのために、筆者の判断で句読点を付けた。
2 加藤静雄氏「この川に朝菜洗ふ児――『余知』の考――」『美夫君志』第六号（昭和三十八〈一九六三〉年六月、美夫君志会）。後に『万葉集東歌論』（昭和五十一〈一九七六〉年七月、桜楓社）に所収。
3 大成本文篇・桜井旺文社文庫・稲岡和歌文学大系は、文法的な説明をしていないが、現代語訳から判断して、それぞれの説に分類した。新編小学館古典全集は、頭注では、D説を採りながら、「その子をおくれ」という、ACEFG説を採ったような現代語訳を付けており、頭注と現代語訳とが矛盾しているが、頭注に従い、D説に分類した。
4 古事記歌謡・日本書紀歌謡の本文の引用と歌番号は、岩波古典大系『古代歌謡集』（昭和三十二〈一九五七〉年七月、岩波書店）に拠る。
5 この点については、沢瀉注釈が指摘している。
6 福田良輔氏『奈良時代東国方言の研究』（昭和四十〈一九六五〉年六月、風間書房）二五四頁。
7 水島義治氏『万葉集東歌の国語学的研究』（昭和五十九〈一九八四〉年五月、笠間書院）三三二頁。
8 木下正俊氏『万葉集語法の研究』（昭和四十七〈一九七二〉年九月、塙書房）二六四頁。
9 ここで扱う「たまふ」は、四段活用の本動詞の「たまふ」であり、「申したまふ」の「たまふ」のような補助動詞の例は除く。

10 宣命の本文の引用は、新岩波古典大系『続日本紀㈢』（平成四〈一九九二〉年二月、岩波書店）と『続日本紀㈣』（平成七〈一九九五〉年六月、岩波書店）に拠るが、適宜表記を改めた箇所がある。祝詞の本文の引用は、岩波古典大系『古事記　祝詞』（昭和三十三〈一九五八〉年六月、岩波書店）に拠る。なお、用例には、「たまはる」が受ける側に立つ言い方であることを明らかにするため、「うけたまはる」の「たまはる」のような補助動詞の例も入れた。

11 佐伯梅友氏「文の構成」『万葉集大成　六〈言語篇〉』（昭和三十〈一九五五〉年五月、平凡社）。

12 仏足跡歌の本文の引用は、（注4）前掲書に拠るが、句切れと表記を適宜改めた箇所がある。

13 水島義治氏（注7）前掲書三三二頁。

14 ㈡の用例の解釈は、佐伯梅友氏『万葉語研究』（昭和十三〈一九三八〉年十月、文学社）二〇九頁～二一〇頁に拠る。

15 例えば、古義・佐佐木評釈・窪田評釈・小学館古典全集・小学館完訳・新編小学館古典全集など。

16 加藤静雄氏（注2）前掲書。但し、氏が、謙譲語の「たばりに」を「下さいよ。」と尊敬語として解釈している点には従えない。

17 渡瀬昌忠氏「人麻呂歌集略体歌の臨場表現」『国語と国文学』第六十巻九号（昭和五十八〈一九八三〉年九

月、東京大学国語国文学会)。後に渡瀬昌忠著作集第二巻『人麻呂歌集略体歌論下』(平成十四〈二〇〇二〉年十月、おうふう)に所収。

第Ⅱ部　万葉歌の言語篇

第一章　万葉集における希求表現「ぬか・ぬかも」の成立――北条忠雄氏の卓見の立証――

一　はじめに

周知のように、万葉集には、話者が相手または第三者に一定の行動の実現を期待する気持ちを表す希求の「ぬか・ぬかも」という表現がある。例えば、次のようなものである。[1]

① 我が命も〈毛〉常にあらぬか〈奴可〉。昔見し象の小川を行きて見むため。（3・三三二）

② ぬばたまの夜渡る月を留めむに、西の山辺に関も〈毛〉あらぬかも〈糠毛〉。（7・一〇七七）

契沖は、『万葉代匠記』初稿本で、右の①の歌に「常にあらぬかは、常にあられぬ物か、常なれかしとねかふ心なり」という注を付けている。即ち、「ぬか・ぬかも」は、今日で言う否定の助動詞「ず」の連体形の「ぬ」と疑問の終助詞「か・かも」とから成ると解しているのである。本居宣長は、契沖の「ぬ」を否定と見る説を全く疑わずに、『玉勝間』で、「万葉集に不ノ字を略きて書る例」という項目を設けて、歌意の上から、「ぬかも」と訓むべきところに否定の「不」の字が省略されて「ぬ」が読み添えになっている例があることを論じている。これらの契沖・宣長の所見を受けて、田島光平氏は、「ぬか・ぬかも」の「ぬ」が文字化された場合も、「不」によって表記された例が一例もないという事実を指摘して、「ぬか・ぬかも」の「ぬ」には、否定の意味はなくなっており、語源としては、否定の「ず」の連体形であっても、万葉集の表記者は、「ぬ」を「ず」の連体形と意識していなかったため、「不」の字で表記しなかったという主旨の見解を示している。[2] 田島氏の説は、大野晋氏が岩波古典大系『万葉集』の巻二の一一九番歌の補注で取り上げて支持したことが大きく影響し、[3] 現在では、万葉集の表記者が、否定と意識していなかったので、「不」の字を当てた例はないが、希求の「ぬか・ぬかも」の「ぬ」は、否定の助動詞「ず」の連体形の「ぬ」であると説明するのが通説になっている。

　しかし、こうした通説に対して、異説も提示されている。夙に鹿持雅澄は、『万葉集古義』首巻の総論の中の「乞望辭《ネガヒコトバ》」の項目で、「不字は有と無と其意反対なれば、不字あるべき處を省きて書べき理やはあるべき」と言って、「ぬ」を否定と見る説を認めず、動詞連用形を受けて希求を表す「こそ」[4]が、「乞望辭」の「ね」に連なる時に「こせね」となり、禁止の「な」に連なる時に「こすな」となる例を挙げて、「奴《ヌ》も、禰《ネ》の乞望辭なるを、可《カ》の言に連くにひかれて、奴《ヌ》に轉したること上（筆者注――こせね・こすな）に同じ、可の一言に連くも、可母《カモ》の二言に連くにも異はなし」と言っている。つまり、鹿持雅澄は、「ぬか・ぬかも」の「ぬ」を否定の助動詞「ず」の連体形の「ぬ」ではなく、「乞望辭」の「ね」が「か・かも」に連なる時の連音上の転化と解釈しているのである。

そして、右の雅澄説を受けて、北条忠雄氏は、『九州方言語法考序説上巻』（昭和十一〈一九三六〉年六月、私家版）の「第二章　母韻転換　第一節　上代に於ける助詞接尾詞の母韻転換」――以下、北条論文Aト略称スル――において、「ぬか・ぬかも」の「ぬ」を希求の終助詞「な」の母音交替形と見て、

「な」が「カモ」に接する場合、動詞が「カモ」に接する場合、悉く「う」韻をとる様に、「な」助詞も「う」韻に轉じて「ぬ」となったのである。

と述べているのである。北条氏は、「上代国語に存する母韻転換の考察――それから導き出される諸問題の解明――」『秋田大学学芸学部研究紀要〈人文科学・社会科学・教育科学〉』第六号（昭和三十一〈一九五六〉年二月、秋田大学学芸学部研究紀要編集委員会）――以下、北条論文Bト略称スル――においても、自説を再論している。筆者は、これを卓見と考えるのであるが、万葉学者や国語学者の間では、北条論文は、殆ど顧みられていないというのが現状である。[5]

そこで、本章では、希求の「ぬか・ぬかも」の「ぬ」を否定の助動詞「ず」の連体形と見る通説の誤解を正し、北条説が卓見であることを立証して、希求表現「ぬか・ぬかも」が用いられた歌の正し

い解釈を検討してみたいと思うのである。

二　万葉集中の「ぬか・ぬかも」の表記

前節で述べたように、万葉集中の希求の「ぬか・ぬかも」の「ぬ」には、否定の「不」で表記された例が一例もない。「ぬか・ぬかも」の表記の実情は、「ぬか」が「耶」「哉」と一字で、「ぬかも」が「鴨」一字で表記されて、「ぬ」が文字化されずに読み添えになっている例や、[6]「ぬ」が「濃」「奴」という音仮名や「宿」「沼」「寐」という訓仮名で表記された例、「ぬか」が「粳」「穅」「糠」「額」という借訓字で表記された例ばかりなのである。

ところで、万葉集中には、希求の「ぬかも」と全く同じ形で、否定の助動詞「ず」の連体形の「ぬ」と詠嘆の終助詞「かも」とから成り、詠嘆の意味を表す「ぬかも」という表現がある。この「ぬかも」の「ぬ」には、音仮名の「奴」や訓仮名の「沼」で表記された例もあるが、「見礼跡《みれど》不飽可聞《あかぬかも》」（1・三六）をはじめ、否定の「不」で表記された例も数多くある。万葉集の表記者は、我々が現代語の「いくら見ても飽きないことだなぁ。」という詠嘆表現に含まれる「ない」が否定であると意識するのと同様に、右に示した「見れど飽かぬかも」という詠嘆の「ぬかも」の「ぬ」が、否定であると意識していたので、否定の「不」の字で表記したのである。

仮に前節で示した①の歌の「我が命も常にあらぬか」に代表される希求の「ぬか・ぬかも」の「ぬ」もまた否定の「ぬ」であるならば、万葉集の表記者は、我々が現代語の「私の命は永遠であってくれないものか。」という希望表現に含まれる「ない」が否定であると意識するのと同様に、希求の「ぬか・ぬかも」の「ぬ」は否定であると意識したはずであり、詠嘆の「ぬかも」のように、「ぬ」を否定の「不」の字で表記したはずである。従って、希求の「ぬか・ぬかも」の「ぬ」は、否定の「ぬ」ではあるが、万葉集の表記者は、「ぬ」を否定の「ぬ」と意識していなかったため、「不」の字で表記しなかったという田島光平氏の考え方には、かなり無理があると思われるのである。

では、希求の「ぬか・ぬかも」の「ぬ」には、否定の「不」で表記された例が一例もないのは、なぜか。それは、北条忠雄氏が論文ABで主張した通り、「ぬ」が元々否定の「ぬ」ではないからである。[7] 翻って言えば、希求の「ぬか・ぬかも」の「ぬ」の表記に否定の「不」を当てた例がないという事実が、「ぬ」は否定の「ぬ」ではないことを裏付ける何よりの証拠なのである。万葉集の表記者は、希求の「ぬか・ぬかも」の「ぬ」が、否定の「ぬ」ではないということを十分に理解していたので、「不」の字で表記しなかったと考えるのが道理であろう。[8]

三　希求の終助詞「な」の母音交替説

それでは、希求の「ぬか・ぬかも」の「ぬ」は一体何なのかと言うと、第一節で述べた希求の終助詞「な」が母音交替したと見る北条説が本質を衝くと考えられる。確かに、上代語には、［未然形＋な］、「な」に詠嘆の「も」が接した［未然形＋なも］、「も」の母音が〔o＞u〕と交替し「む」となった［未然形＋なむ］の形で希求の意味を表す表現がある。例えば、次のようなものである。

③　道の中国つみ神は〈波〉、旅行きも〈母〉為知らぬ君を、恵み賜はな〈奈〉。（17・三九三〇）

④　上野乎度の多杼里が川路にも〈毛〉児らは〈波〉逢はなも〈奈毛〉。一人のみして。（14・三四〇五）

⑤　ほととぎす猶も〈毛〉鳴かなむ〈那牟〉。本つ人かけつつもとな。我を音し泣くも。（20・四四三七）

「な」「なも」「なむ」の三者の関係には、諸説があるが、筆者は、古くは「な」が他者への希望である希求を表すのにも、話者自身の希望である願望を表すのにも用いられたが、やがて、「な」が主に願望を表し、「なも」「なむ」が希求を表すというように、役割が分担されたと考えるべきだと思う。[9]そして、「なむ」が希求表現として、中古語以降に継承されたのである。

それはともかく、「ぬか・ぬかも」の「ぬ」を、同じナ行系の希求表現で、活用語の未然形に接続する点も共通する希求の終助詞「な」の転化と見た北条論文は、炯眼である。ただ、北条論文は、「な」から「ぬ」への交替の理由を、先に見た論文Aでは、「動詞が『カモ』に接する場合、悉く『う』韻をとる様に、『な』助詞も『う』韻に轉じて『ぬ』となったのである。」としか言っていない。また、論文Bでも、「な」が「カ・カモに接する場合に〔u〕韻のヌとなったのは他の活用語がカ・カモに接するとき〔u〕韻となるのに牽引された現象であらう。」と簡単な説明で済ませてしまっている。無論、それも理由の一つではあろう。だが、北条論文の結論をより強固なものとするためには、ア列音「な」が「か」音と結合する時に、ウ列音「ぬ」に交替する〔a＞u〕という母音交替が、上代語の音節結合において、起こり得る現象であることを今少し具体例を挙げて証明する必要があると思う。

四　異音結合形式と母音交替

実は、北条忠雄氏には、論文ＡＢとは別に、上代語の音節結合形式について、検討した論文がある。[10]それは、有坂秀世氏が同一結合単位内に共存することが少ない音節を明らかにした、いわゆる「音節結合の三原則」[11]について、氏の立場から再検討して、同一単位内で結合しやすい音節の結合形式を明らかにしたものであり、希求の「ぬか・ぬかも」の成立を論じたものではない。しかし、その中で、氏が示した上代語に傾向として指摘できる〔u音＋a音〕の異音結合形式の例が、他ならぬ氏の「な」から「ぬ」への交替説を裏付けるものとなっているのである。

氏は、「日の数え方などは日常の最も使用頻度の高いものに属するので、こうした数え方には、言いやすい結合形式のあらわれるのは当然のことである」として、次のような例を挙げている。

○ 二日　フタカ（原形）〔Futaka〕＞フツカ（使用形態）〔Futuka〕（例）布都可《ふつか》（17・四〇一一）

○ 七日　ナナカ（原形）〔nanaka〕＞ナヌカ（使用形態）〔nanuka〕（例）奈奴可《なぬか》（17・四〇一一）

この他にも、氏は、初期の中古語から、「八日　ヤカ〔yaaka〕＞ヤウカ〔yauka〕」、「二十日　ハタカ〔Fataka〕＞ハツカ〔Fatuka〕」などの例を挙げている。これらの例は、「フタカ（二日）」「ナナカ（七日）」「ヤカ（八日）」「ハタカ（二十日）」という〔a＋a〕という同音並列形式が「フツカ」「ナヌカ」「ヤウカ」「ハツカ」という〔u＋a〕の異音結合形式になっているものである。注目したいのは、数詞の語末のア列音が、日の数え方である「か（日）」と結合する時に、ウ列音に交替する〔a＞u〕という母音交替が起きている点である。特に「七日」の例は、子音がN音であるから、「な」から「ぬ」への交替例ともなっているのである。北条氏は、異音結合形式の一例として挙げたのであるが、この現象こそ、希求の「な」が「か・かも」と結合する時に、〔a＞u〕という母音交替が起きて、「ぬ」

に交替し、希求の「ぬか・ぬかも」が成立したことを物語る貴重な例証である。こうした現象が起こるのは、氏が言われるように、「口誦のしやすさ」に基づくのだろう。即ち、「な＋か」のような〔a＋a〕という広口母音が連続するよりも、「ぬ＋か」のような〔u＋a〕という狭い母音と広口母音の組み合わせの方が発音しやすいことから、「な」が「ぬ」に転化して、「ぬか・ぬかも」が成立したと見て間違いない。「ぬか・ぬかも」は、活用語の〔u〕音に接する「か・かも」の接続法に牽引されて、「な」が「ぬ」となって成立したと考えてよいが、右に示した同音並列形式が、異音結合形式に転換する現象とも深く関わって成立したものだったのである。

五　「ぬか・ぬかも」と「な・なも・なむ」の構文の特徴

さて、希求の「ぬか・ぬかも」の「ぬ」は、希求の終助詞「な」の母音交替形であるとする北条説が妥当であることを立証することができたと思う。本節では、更に、構文論の観点から、北条説を補強してみたい。

希求の「ぬか・ぬかも」の歌の構文について、佐伯梅友氏は、上に来る助詞に注目して、以下のような特徴があることを指摘している。[12]

❶主語には多く「も」助詞が付く。

(1) ひさかたの雨も〈毛〉降らぬか〈粳〉。雨つつみ君にたぐひてこの日暮らさむ。(4・五二〇)

(2) 人も無き国も〈母〉あらぬか〈粳〉。我妹子と携ひ行きてたぐひて居らむ。(4・七二八)

(この他に、第一節で示した①②の歌があり、他には、4・七〇八、6・九二二、7・一二二三、一二八七、一三七四、8・一六四二、一六四三、10・一八八七、一八九四、二三二〇、11・二三六六、二三八四、二五一三、二六八五、12・三〇一一、14・三五五八、16・三八三七、18・四一一三がある。)

❷主語に助詞が付かない場合もある。

(3) ……己妻と頼める今夜、秋の夜の百夜の長さありこせぬかも〈宿鴨〉。(4・五四六)

(4) 梅の花、今咲けるごと、散り過ぎず、我が家の園にありこせぬかも〈奴加毛〉。(5・八一六)

(この他に、10・一九五三、二〇九二、11・二五八五、16・三八七五(二例)がある。)

❸主語に「は」助詞が付く場合もある。

(5) 奥まへて我を思へる我が背子は〈者〉、千歳五百歳ありこせぬかも〈奴香聞〉。(6・一〇二五)

(6) 沖つ鳥鴨とふ船は〈者〉、也良の崎廻みて漕ぎ来と聞こえ来ぬかも〈奴可聞〉。(16・三八六七)

(この他に、6・一〇一九、10・一九七三、二〇五七、11・二三八七、13・三三一三・19・四二二一がある。)

❹主語に助詞が付かない場合も、主語に「は」助詞が付く場合も、主語以外の語句に「も」助詞が付いていることが多い。

(7) 春の野に心延べむと、思ふどち来し今日の日は〈者〉、暮れずも〈毛〉あらぬか〈粳〉。

(10・一八八二)

(8) 二上の山に隠れるほととぎす、今も〈母〉鳴かぬか〈奴香〉。君に聞かせむ。(18・四〇六七)

(この他に、2・一一九、4・五二五、8・一四七〇、一五九一、一六一四、一六一六、10・一九五四、二〇七〇、11・二五九三、15・三六四五、三六五一、18・四〇四四がある。)

右の「ぬか・ぬかも」の歌に見られる構文の特徴と全く同じ構文の特徴が、希求の「な・なも・なむ」の歌にも見られるのである。つまり、「ぬか・ぬかも」と「な・なも・なむ」の歌は、構文の特徴が完全に一致するのである。

㈠主語には「も」助詞が付く。

㈠ 三輪山を然も隠すか。雲だにも〈裳〉心あらなも〈南畝〉。隠さふべしや。(1・一八)

㈡ 大船に檝しも〈母〉あらなむ〈奈牟〉。君無しに潜きせめやも。波立たずとも。(7・一二五四)

(この他に、10・一九九八、11・二八二九がある。)

㈡主語に助詞が付かない場合もある。

㈢　足代過ぎて糸鹿の山の桜花、散らずあらなむ〈南〉。帰り来までに。（7・一二一二）
（この他に、7・一四〇二、13・三三四六（二例）がある。）
㊂主語に「は」助詞が付く場合もある。
㈣　我妹子は〈者〉、衣にあらなむ〈南〉。秋風の寒きこのころ下に着ましを。（10・二二六〇）
㈤　耳無しの池し恨めし。我妹子が来つつ潜かば、水は〈波〉涸れなむ〈将涸〉。（16・三七八八）
（この他に、9・一七六六、20・四四九五がある。）
㊃主語に助詞が付かない場合も、主語に「は」助詞が付く場合も、主語以外の語句に「も」助詞が付いていることが多い。
㈥　妹が見て後も〈毛〉鳴かなむ〈将鳴〉。ほととぎす花橘を地に散らしつ。（8・一五〇九）
㈦　白妙の袖離れて寝るぬばたまの今夜は〈者〉、早も〈毛〉明けなば明けなむ〈将開〉。（12・二九六二）
（この他に、第三節で示した③④⑤の歌があり、他には、9・一七八一、10・一九六四、12・三一三八、14・三四〇五、三四〇五或本歌、三四六三がある。）
特に「ぬか・ぬかも」が多くの場合、上に「せめて～でも」の意味を表す「も」助詞を伴い[13]、「～も～ぬか（も）」という構文になることはよく知られているが、同様の特徴が「な・なも・なむ」にもあることは注目に値する。[14] 同じナ行系の希求表現で、共に活用語の未然形に接続し、構文の特徴、取り分け用例の大半が上に「も」助詞を伴うという点までも一致することから考えて、「ぬか・ぬかも」と「な・なも・なむ」が同根の語であることは確実である。希求という文法的カテゴリーの中で、作者の心情上の微妙な差異を表すために、大元の「な」から、「な」に詠嘆の「も」とその母音交替形の「む」が接した「なも・なむ」と「か・かも」に接して「な」が「ぬ」に転換した「ぬか・ぬかも」が分化したのであろう。歌の構文の特徴という点からも、「ぬか・ぬかも」の「ぬ」を希求の終助詞「な」の転化と見る北条説が妥当であることを確認することができるのである。なお、「ぬか・ぬかも」の「か・かも」は、疑問と見るのが通説であるが、詠嘆と見るべきである。

六　希求表現の意味の差異

では、大元である「な」と、それから分化した「ぬか・ぬかも」と「なも・なむ」とでは、意味にどのような違いがあるのだろうか。この点については、既に、佐竹昭広[15]・後藤和彦[16]・木下正俊[17]・山口佳紀[18]といった先学諸氏が言及しており、議論は出尽くした観がある。諸氏の見解の要点を摘記すると、次の三項目にまとめることができる。

ⓐ「な」は、「作者にとって実現が期待されなければならぬ」ことであり、「実現度の高い」「可能的希求」（後藤氏）で、「他者に強制力を感じさせることの少ない、控え目な表現」（山口氏）である。

ⓑ「ぬか・ぬかも」は、「実現の不可能を弁えつつ、しかも不可能な事を願わずにはいられぬ嘆息」（佐竹氏）であり、叶わぬと知りながら飽くまでも実現を願う「反現在」「未来志向」（木下氏）の表現である。

ⓒ「なも・なむ」は、「実現度の低い」「焦心的希求」（後藤氏）であり、「反過去に主として用いられ、〜してくれたらよかったのに、というような意味を表わし、怨恨の気持を余情に持つ」（木下氏）表現である。[19]

この中で、ⓐについては、他者への希望を表す希求の「な」の例が、万葉集では、第三節で示した③の神が「君を恵み賜ふ」ことを希求する例だけであり、他の上代文献の例も、③の例と同様に、全て「な」が「賜ふ」に下接して、仏が「諸〻」を「救ひ賜ふ」（仏足石歌・四）ことを希求し、天皇が「一二人を治め賜ふ」（続日本紀宣命・第十詔）ことを希求する例なので、右のように規定して、「〜してやって下さい」というように解釈して問題はないと思う。だが、ⓑとⓒについては、検証の必要があろう。但し、全用例を検証する余裕がないので、前節で示した「ぬか・ぬかも」と「なも・なむ」の例の中から、(8)と㈥の歌を対比して、両者の違いを確かめてみることにする。

(8)　二上の山に隠れるほととぎす、今も鳴かぬか。君に聞かせむ。
㈥　妹が見て後も鳴かなむ。ほととぎす花橘を地に散らしつ。

(8)の歌と㈥の歌は、共に「ほととぎす」が鳴くことを願っている。しかし、(8)の歌は、「ほととぎす」が鳴かない現状に対して、叶わぬと知りながら、君に聞かせたいので、今すぐにでも鳴いてくれよと願うことにより、「ほととぎす」が鳴かないことへの嘆きの気持ちを述べており、㈥の歌は、「ほととぎす」が既に来て橘の花を地面に散らしてしまった現状に対して、せめてあなたが見た後で鳴いて欲しかったのにという「ほととぎす」への恨みの気持ちを述べているという違いがある。先学諸氏のⓑとⓒの見解も、概ね肯われると言ってよい。現行の万葉集の注釈書では、「ぬか・ぬかも」と「なも・なむ」とをはっきり区別して解釈しているものは少ない。しかし、同じ希求表現でも、「ぬか・ぬかも」と「なも・なむ」とでは、表出する作者の心情に明確な違いが見られるのである。因って、両者を解釈する際には、その違いが分かるように解釈しなければならない。つまり、「なも・なむ」については、「(本当は)～して欲しかったのに」「(本当は)～して欲しいのに」というように解釈するのが適切であり、「ぬか・ぬかも」については、「ぬ」が否定の「ぬ」ではないことが明らかになった以上、従来のような「～してくれないものか」「～してくれないものかなぁ」という否定の意味を含んだ解釈は適切ではなく、「(できれば)～してくれよ」「(できれば)～して欲しいなぁ」というように解釈するのが適切であると言えよう。

七　おわりに

以上、万葉集における希求表現「ぬか・ぬかも」について、「ぬ」を否定の助動詞「ず」の連体形と見る通説の誤解を正し、希求の終助詞「な」の母音交替形と見る北条忠雄氏の説が卓見であることを、氏が示された異音結合形式の例を援用して立証し、構文論の観点からも補強した。その上で、「なも・なむ」と「ぬか・ぬかも」を対比することにより、両者の違いを検討して、「ぬか・ぬかも」の歌の正しい解釈についても明らかにしてみた。

北条論文が、万葉学者や国語学者の間で殆ど顧みられずに今日まで埋もれた存在になっていたのは、論文Aが謄写版刷りの私家版で刊行されたものであり、論文Bが大学の研究紀要に発表されたものであること、即ち、専門の研究者の目にさえ留まりにくい研究書や学術誌に発表されたものであること、論文の題目が希求表現の「ぬか・ぬかも」の成立を正面の対象に据えたものではなかったこと、田島光平氏の説を大野晋氏が一般読者をも対象にした普及版である岩波古典大系『万葉集』で紹介し、支持したことにより、田島説が常識として学界に定着したことなどが原因として考えられよう。しかし、どのような研究書や学術誌に発表された論文でも、学説として公正に扱われなければならない。北条忠雄氏の「ぬか・ぬかも」の「ぬ」を希求の終助詞「な」の母音交替形と見る説は、万葉集研究・国語学研究の上で、画期的な学説として高く評価されて然るべきものだと思うのである。

注

1 歌の理解の助けのために、筆者の判断で句読点を付けた。なお、傍線は、第五節で取り上げる構文上の特徴を明らかにするためのものである。

2 田島光平氏「万葉集に於ける『ず』の表記の特色とそれより導かれる種々の問題」『国語と国文学』第二十七巻三号（昭和二十五〈一九五〇〉年三月、東京大学国語国文学会）。後に『語法の論理』（昭和五十七〈一九八二〉年三月、笠間書院）所収。

3 この点については、（注2）前掲書の四〇頁の「付記」で、田島氏自ら（注2）論文が「反響も、私の論文の中ではどれよりも大きかった。大野氏が日本古典文学大系『万葉集』の補注でこの論文を紹介されたためと思われる」と言っている。

4 希求の「こそ」については、諸説があり、鹿持雅澄は、「こせ」「こす」を「こそ」の母音交替形と見ているようであるが、筆者は、助動詞「こす」の命令形と見る通説に従っておく。

5　管見では、馬淵和夫氏『上代のことば』（昭和四十七〈一九七二〉年九月、至文堂）だけは、北条論文には触れていないが、一六八頁において、希求の「ぬか」の「『ぬ』は、打消しの助動詞であろうと説かれることが多いが、」希求の「『な』と通う『ぬ』に感動の『か』が添ったものと理解される」と言い、「『ぬ』は、『か』が活用語の連体形――それはu音で終る――を承接することにひかれた語形であろうか。」というように、北条論文と同じ見解を示している。おそらく、先行する北条論文を意識してのものだろう。当該箇所は、北原保雄氏が執筆している。

6　「ぬかも」が「鴨」一字で表記されていることは、本居宣長が『玉勝間』で指摘しているが、この現象は、主に人麻呂歌集略体歌に見られる特徴であることを渡瀬昌忠氏が指摘している。渡瀬昌忠氏「人麻呂歌集略体歌における助辞表記―禁止の『勿』と打消の『不』―」『実践国文学』第三十四号（昭和六十三〈一九八八〉年十月、実践女子大学国文学会）。後に渡瀬昌忠著作集第一巻『人麻呂歌集略体歌論上』（平成十四〈二〇〇二〉年九月、おうふう）所収。

7　田島論文は、先行する北条論文Aについて触れていないし、北条論文Bも、先行する田島論文を引用していない。両者共に自説と対立する論文の存在を知らなかったのだと思われる。

8　北条論文Bは、「口頭語では、希求のヌカモと打消詠嘆のヌカモとはイントネーションなどで区別された」と述べているが、万葉人達は、「ぬ」が否定であるかないかという、語構成の違いをも意識していたと考えられる。
9　浜田敦氏は、話者自身の希望を「願望」、他者への希望を「希求」と区別して呼んでいる。本章も、その区別に従う。「上代に於ける希求表現について」『国語国文』第十七巻一号（昭和二十三〈一九四八〉年二月、京都大学国語学国文学研究室）。後に『国語史の諸問題』（昭和六十一〈一九八六〉年五月、和泉書院）所収。
10　北条忠雄氏「上代語に見える連続結合体における音節の結合形式―特殊仮名遣オ列音に関連して―」『秋田大学教育学部研究紀要〈人文科学・社会科学〉』第二十四号（昭和四十九〈一九七四〉年二月、秋田大学教育学部研修委員会）。以下、特に注記しない場合の北条説の引用は、当該論文に拠る。
11　有坂秀世氏『国語音韻史の研究〈増補新版〉』（昭和四十三〈一九六八〉年十二月、三省堂）一〇三頁。
12　佐伯梅友氏『万葉語研究』（昭和十三〈一九三八〉年十月、文学社）二七五頁～二七七頁。
13　佐伯梅友氏（注12）前掲書。一七二頁～一七三頁。
14　この点については、浜田敦氏も、（注9）論文で指摘している。
15　佐竹昭広氏「上代の文法」『日本文法講座』第三巻（昭和三十四〈一九五九〉年七月、明治書院）。後に佐竹昭広集第二巻『言語の深奥』（平成二十一〈二〇〇九〉年八月、岩波書店）所収。
16　後藤和彦氏「未然形承接の終助詞『な・なも・ね』」『玉藻』第二号（昭和四十二〈一九六七〉年三月、フェリス女学院大学国文学会）。

17 木下正俊氏「終助詞『なむ』の反事実性」『国文学』第五十号（昭和四十九〈一九七四〉年六月、関西大学国文学会）。

18 山口佳紀氏「上代希望表現形式の成立―ナ行系希望辞をめぐって―」『国語国文』第四十九巻九号（昭和五十五〈一九八〇〉年九月、京都大学国語学国文学研究室）。後に『古代日本語文法の成立の研究』（昭和六十〈一九八五〉年一月、有精堂）所収。

19 木下正俊氏は、（注17）論文で、未来志向と考えられる「なむ」の例を挙げているが、山口佳紀氏が（注18）前掲書五四八頁～五四九頁で、詳細に批判している通り、万葉集中の「なむ」の例で、「確実に未来志向と言い得るものは」ないと見るべきである。なお、巻七の一〇七二番歌の結句「夜長有」は、「夜長《よなが》からなむ」と訓むのが通説であるが、「なむ」に当たる表記がなく、山口氏は、前掲書で「夜長《よるなが》くあれ」と訓む説を提示しており、「なむ」の確例とは見做し難いので、用例から除外した。

第二章　万葉語「とほしろし」の解釈

一　はじめに

万葉集の歌の中に、僅か二例しか例がない「とほしろし」という語句がある。それは、次のようなものである。[1]

①……明日香の古き都は、山高み川とほしろし〈登保志呂志〉。春の日は山し見がほし。秋の夜は川しさやけし。朝雲に鶴は乱れ、夕霧に河津は騒く。見るごとに音のみし泣かゆ。古思へば。

（3・三二四、山部赤人）

②……天離る鄙にしあれば、山高み川とほしろし〈登保之呂思〉。野を広み草こそ繁き。年魚走る夏の盛りと、……

（17・四〇一一、大伴家持）

①は、都が平城京に移ってから後に、山部赤人が旧都の明日香を訪れて詠んだ歌であり、②は、大伴家持が越中の守時代に、逃げ去った鷹を思い、夢に見て感激して作った歌である。

この「とほしろし」について、契沖は、①の歌の所で、神代紀下の「集㆓大小之魚㆒」の「大」の古訓に「トホシロク」とあることを根拠に、代匠記初稿本では、「とをしろしとはおほきなるをいふ。」と言い、精撰本でも、「川トホシロシトハ、大キニユタケキ意ナリ。」と言っている。賀茂真淵は、万葉考で契沖説に従った。これに対して、本居宣長は、玉の小琴で、「とほしろしは、あざやかなる事也、凡てあざやかなることをしろしといふ、いちじろしきも是也。」と言った。荒木田久老は、宣長説を受けて、槻落葉で、「あざやかなるをいへば、さやけしといふにおなじ。」と言い、橘千蔭の略解、鹿持雅澄の古義が、これに従っている。即ち、近代以前では、「とほしろし」には、

㈠「大なり」「ゆたかなり」の意とするもの。

㈡「あざやかなり」「さやけし」の意とするもの。

という二通りの解釈があったのである。

ところが、近代になり、橋本進吉氏によって、いわゆる上代特殊仮名遣の観点から、「白し」「著し」の「ろ」の表記には、甲類の「路」の仮名が当てられており、「とほしろし」の「ろ」の表記には、乙類の「呂」の仮名が当てられているという事実が発見され、上代では、両者の「ろ」が書き分けられていることから、その発音を異にしていたと推定されるので、「とほしろし」の「しろし」と「白し」「著し」は同語とは認められず、宣長説は成立し難いとの判断が下された。更に、氏は、契沖が挙げ

た例の他に、『日本紀私記』にも、「大小之」に「止乎之呂久知比左岐」の訓があること、石山寺所蔵の『大唐西域記』の長寛元年に付された訓点にも、「人骸偉大《ホネトヲシロシ》」とあることから、「とほしろし」には、「大又は偉大の義がある事」を指摘して、契沖説が正しいとし、「とほしろし」は、「大きなり」または「雄大」「偉大」の意に解するべきだと論断した。[2] この橋本説以後に刊行された万葉集の注釈書や古語辞典は、悉く橋本説に従い、現在では、橋本説が通説となっているのである。

しかしながら、山田孝雄[3]・北条忠雄[4]・村山七郎[5]・森重敏[6]・吉田金彦[7]・水野清[8]といった諸氏は、橋本説を批判した上で、対案も提示しており、橋本説が必ずしも定説となるまでには至っていないというのが実情である。

そこで、本章では、橋本説とそれ以降に提示された諸氏の説を検討し、万葉語「とほしろし」の正しい解釈を定めてみたいと思うのである。

二　橋本説への批判

先ず、通説となっている橋本説に対して、どのような批判がなされているのかを見ておこう。

橋本説への批判の口火を切ったのは、山田孝雄氏である。氏は、万葉集の「まつろ|ふ」「かぐろ|(か黒)」

「しろたへ」「うつろふ」の「ろ」には、甲類の「漏」と乙類の「呂」が混用されている事実を指摘した上で、「『とほしろし』の『しろし』と『いちしろし』の『しろし』とは全然別の語なりといふ事は容易に断言しうべきものにあらざるべし。」と言って、橋本説には賛同できないとしている。山田氏の批判は、橋本説の最も重要な根拠と言える上代特殊仮名遣の書き分けの厳密さに疑問を投げ掛けたもので、この批判には、問題があり、従い難いことは後述するが、橋本説に対する批判の先駆けとなっている点において、研究史的意義は大きいと言える。

山田孝雄氏に続いて、橋本説批判の論を発表したのは北条忠雄氏である。氏は、橋本説の「一大缺陥」が、「とほしろし」の語構成を全く分析せずに、「大なり」の意味に解した点にあると指摘する。そして、橋本氏が「とほしろし」の語構成の分析を回避した理由を、「『とほしろし』は分析するとすれば、『とほーしろし』になり、『しろし』はと考へれば、どうしても『白し』『著し』と考へる以外に方途がない」からであると推測している。要するに、「とほしろし」が形容詞であれば、「とほしろ」が語幹とは考えられず、どうしても「とほーしろし」と分析せざるを得ない。「とほ」が形容詞「遠し」の語幹であるならば、「しろし」も形容詞「白し」ないしは「著し」と認めなければならなくなる。すると、上代特殊仮名遣に基づいて、「とほしろし」の「しろし」と「白し」「著し」は別語であるとした自説と矛盾してしまうので、自説に不利な事項の考証を橋本氏は避けたと思われるということである。このように推測した上で、「とほしろし」の語構成を分析して、「それがいかにして『大なり』の意になるか」を解明しない限り、橋本説には従い難いと北条氏は言う。また、氏は、万葉集の「とほしろし」を、時代による「意義の変遷推移」を考慮せずに、平安時代以降の「とほしろし」の例で、「大なり」の意に解釈した橋本氏の態度にも賛同できないと言っている。この北条論文の批判は、当を得たものであり、北条論文によって、橋本説の問題点が明らかになったと言ってよい。

なお、橋本説の欠点が、「とほしろし」の語構成の分析を全くしていない点にあるということについては、北条論文に触れていないが、村山七郎、森重敏、吉田金彦、水野清の各氏も指摘している。こうした問題点がある以上、安易に橋本説に追従するのは、もはや賢明ではない。むしろ、橋本説への対案として、諸氏が提示した説の中から、万葉集を中心とした上代語の用例に則って、語構成を分析し、語句の意味を解釈しており、上代特殊仮名遣にも矛盾しないという、万葉語である「とほしろし」の解釈として、あらゆる面で合理的な説を見出すことに一層の努力を払うべきだと思う。

三　諸説の検討

では、次に、橋本説を批判した諸氏が出した対案を示し、その当否を検討してみよう。橋本説には、以下のような五つの対案が出されている。

A　「とほしろし」を「とほーしろし」と分析し、「とほ」は、形容詞「遠し」ないしは動詞「通る」の語幹で深遠通達の意であり、「しろし」は、形容詞「著し」で顕著の意であり、深遠通達にして顕著の意味である両者が合成し、新しい意味を形成して、「偉大雄大」の意になったと解する説（山田孝雄氏）。

B　「とほしろし」を「とほしーろし」と分析し、「とほし」は、形容詞「遠し」であり、「ろし」は、「遠し」に接して強意詠嘆を表す接尾辞と見て、「遠くはるかに」の意に解する説（北条忠雄氏）。

C　「とほしろし」を「とほーしろし」と分析し、「とほ」は、形容詞「遠し」の語幹で、「しろし」は、語源としては形容詞「白し」「著し」であって、「遠し」と「白し」「著し」の合成語が「偉大」という意味をも獲得したと解する説（村山七郎氏）。

D　「とほしろし」を形容詞と見て、語幹の「とほしろ」は、「たばしら」であり、「たばしら」は、動詞「たばしる（夕走ル）」の未然形で、「とほしろし」は、むしろ「とぼしろし」であり、「河の水が夕走《バシ》ルように勢いよく流れるさまを形容した」と解する説（森重敏氏）。

E　「とほしろし」を「とほーしろし」と分析し、「遠し」と「兆《しろ》し」の合成と考えて、「河が雄遠に流れていて印象的に輝きなんとなく霊的である」と解する説（吉田金彦氏）。

F　「とほしろし」を「とほ－しろし」と分析し、「とほし（浸）」と「しろし（皤）」の合成と考えて、「流れ続ける明日香川が地味をうるおし、豊かな生産的効果をあげ得たことを示す」と解する説（水野清氏）。

A説は、前節で触れた「ろ」の書き分けを疑問視した上での見解である。しかし、A説には、北条忠雄氏が指摘したように、二つの語が合成して、新しい意味を形成することはあり得るとしても、山田氏の示した「ろ」の仮名遣の例が、菊澤季生氏の言う通り、上代特殊仮名遣が乱れた始めた現象を示すものであって、「とほしろし」と「白し」「著し」の「ろ」の区別を否定する有力な例証にはならないこと、[9]「とほしろし」の「とほ」を形容詞「遠し」ならば別であるが、動詞「通る」の語幹とする見方は、山田氏自身が「動詞の語幹より直ちに用言につづくる用例は古來一もなし。」と言っているように成立し難いこと、[10]「とほ」を「遠し」「通る」両方の語幹と見るのは、「遠し」と「通る」とでは、意義が違い過ぎることなどの難点がある。従って、A説を支持することはできない。

B説は、「ろし」を「遠し」に付いた接尾辞と見る点に特徴がある。B説の提唱者である北条忠雄氏の論の概要は、以下のようなものである。「ろし」は、「はしきよし」「はしきやし」という強意詠嘆の接尾辞「よし」「やし」が詠嘆の「よ」「や」と強意の「し」とから成り立っているのと同じ構成で、「ま人言思ふすなもろ〈呂〉。」（14・三五五二）や「我が手と付けろ〈呂〉。」（20・四四二〇）などの強意詠嘆を表す終止的用法の接尾辞「ろ」と強意を表す接尾辞「し」とから成る接尾辞である。[11] この接尾辞「ろ」の表記には、乙類の「呂」の仮名が当てられているので、「とほしろし」の「ろ」も、右の例と同じ接尾辞の「ろ」と見ることに、上代特殊仮名遣の上で支障はない。「ろ」と「し」とから成る接尾辞「ろし」も、単独の「ろ」の場合と同様に、終止的用法で用いられることは、「ろし」の例が当該の「とほしろし」の例しかないものの、「ろし」と同じ構成の詠嘆の「わ」と強意の「し」とから成る接尾辞「わし」が文を終止した例「浮き出づるやと見むわし〈和之〉。」（16・三八七八）の存在によって裏付けることができる。「わし」が「わ」と「し」とから成ることは、単独の「わ」の用法の例「淡海の湖に潜きせなわ〈和〉。」（記・三八）や「わ」の母音交替形である詠嘆の「ゑ」の例「我はさぶしゑ〈恵〉。」（4・四八六）があることによって証明される。「よし」「やし」が形容詞の連体形に付いているのに対して、「ろし」が形容詞の終止形に付いているのは、意味を強めるためであると考えられるとする。そして、実際に、形容詞の終止形に接尾辞が付いた例として、前出の「我はさぶしゑ」の例と共に、「ゑ」に詠嘆の「や」が付いた「ゑや」の例「世の中は恋し繁しゑや〈恵夜〉。」（5・八一九）を挙げて、「よし」「やし」などの連体形に付いた例よりも詠嘆の意味が強くなることを明確にして、「とほし（遠）＋ろし【形容詞の終止形＋接尾辞】」という語構成があり得ることを立証している。結局、「ろし」は、「よし」「やし」「わ」「わし」「ゑ」「ゑや」「ろ」「ろし」という接尾辞或いは助詞の体系の中に位置づけて理解すべきであるとする。「ろし」が強意詠嘆の接尾辞となると、「とほしろし」の主旨は「とほし」にあり、意味は「遠くはるかに」となり、極めて妥当な結論になるというのである。北条説は、万葉集を中心とした上代語の用例に則って、語構成を分析し、語句の意味を解釈しており、上代特殊仮名遣にも矛盾していない。

従って、万葉語である「とほしろし」の解釈として、あらゆる面で合理的な説であると言える。北条説は、正に卓見である。しかしながら、この説は、万葉学者・国語学者の間では、全く顧みられておらず、埋もれた存在となっている。[12]

C説は、「遠し」の「とほ」のオ列乙類音に牽引されて、本来は甲類音である「白し」「著し」の「ろ」が、この時に限り乙類音になったものと見るのである。即ち、〔tofo — sirosi ＞ tofo — sirosi〕という音韻変化が起きたのであり、上代語における前進同化の現象の一例と解するのである。

従って、「しろし」は、「白し」「著し」の意味と見て、一向に差支えないということになる。そして、「遠し」と「白（著）し」の合成語が「偉大にして顕著」という意味になるのは、「遠（とほ）」が「大（おほ）」と同じ語源から派生した意味的に密接な関わりがある語であることに由来するとしている。[13] この考え方にも、論理的な破綻はないので、Cの村山説も、無理のない説であると言ってよい。[14]

D説は、「走る」に接頭辞「た」が付いた「た走《ばし》る」という動詞の未然形「たばしら」の「た」が音韻変化して「と」になり、「とぼしろし」という形容詞になったと想定しているが、「た走る」という動詞が形容詞化したと考えるのは無理である。なぜなら、吉田金彦氏が、接頭辞の付いた形容詞「た安《やす》し」は、動詞「休《や》す」から形容詞になったものだが、形容詞化した後に接頭辞「た」が付いたのであって、接頭辞が付いた動詞が、形容詞化するとは考えられない上に、動詞「走る」が形容詞化した「走《はし》らし」の例がないのも「致命的」と批判した通りだからである。従って、D説は、容認し難い。

E説は、「とほしろし」の「しろし」を「神秘的な兆域称辞」である「兆《しる》し」が音韻変化して、「兆《しろ》し」になったと見て、その「兆《しろ》し」は、「顕著《しろ》し」と殆ど同じ意味のものであると解するのである。しかし、論の大前提と言える「兆《しる》し」という形容詞が存在した証拠が示されていない。E説の提案者である吉田氏は、森重氏のD説を「走らし」という「形容詞がないのは致命的である」と言って退けたのであるから、全く同じ致命的な欠点が自説にもあることになる。因って、E説にも、賛同することはできない。

F説は、『類聚名義抄』（観智院本）に川と所縁のある「とほし」の訓を持つ漢字として、「浸」（法上、三一）の字があり、「しろし」も川に所縁があり、単なる白色ではない意味の漢字として、「しらけたり」の訓を持つ「皤」（仏中、一〇四）の字があることを根拠としている。しかし、万葉語の「とほしろし」を後世の資料である『類聚名義抄』のみを根拠として解釈するのは危険である。万葉の時代に「とほし」を水につける「浸」の意味で使用していたかどうかは疑問であるし、「しろし」を、白い大きな腹の「皤」の意味と見て、「腹の下側が白く輝くに至った大魚を意味する」とし、川の豊かさを表すと解するのは、あまりにも強引である。そもそも、「しろし」を色彩の「しろ（白）」と関係があると解するのであれば、上代特殊仮名遣の「ろ」の区別に抵触することになる。F説を提案した水野氏は、「ろ」の書き分けを疑問視した山田説に従って、「ろ」の区別を無視して論を展開しているのだが、その姿勢に根本的な問題があると言えよう。F説は、論証の仕方に無理があり、認め難い。

以上、橋本説への対案として提示された諸説を検討してみた結果、Bの北条説が卓見であり、Cの村山説も無理のない説であることが分かった。次節では、更に、構文論の観点から、いずれの説が妥当なのかを検討してみたい。

四　「とほしろし」の歌の構文

実際に、歌の構文の中で、「とほしろし」がどのように用いられているのかを見てみよう。冒頭で示した「とほしろし」の①②の歌は、次のような構文になっている。

①　明日香の　古き都は
山高み
川とほしろし
春の日は　山し見がほし
秋の夜は　川しさやけし
朝雲に　鶴は乱れ
夕霧に　河津は騒く
見るごとに　音のみし泣かゆ　古思へば

②　天離る　鄙にしあれば
山高み
川とほしろし
野を広み
草こそ繁き
年魚走る　夏の盛りと

①の山部赤人の歌では、三連対の対句の中で、赤人の歌の表現を模倣したと思われる大伴家持の②

の歌では、二句対の対句の中で、「とほしろし」が用いられている。尤も、①の歌の「山高み」と「川とほしろし」は、連続する五音句と七音句であるから、対句として扱わない立場の論もある。[15] しかし、「山高み」と「川とほしろし」は、山と川の対比であり、後続の「春の日は　山し見がほし」と「秋の夜は　川しさやけし」は、明らかに先行する「山」と「川」の対比を受けており、最後の「朝雲に　鶴は乱れ」と「夕霧に　河津は騒く」も、朝の山の景と夕の川の景の対比であるから、「山と川の対偶表現は三対句にわたって連続している」ので、「山高み」と「川とほしろし」も含めて、三連対の対句と見る阿蘇瑞枝氏の見解に従い、[16] 本章も、①の歌の「山高み」と「川とほしろし」を対句として扱うことにする。[17] ②の歌を二句対の対句と見ることには異論はあるまい。[18] つまり、「とほしろし」は、いずれも対句表現の中で用いられていることになる。この事実は、従来、注目されていなかったのであるが、「とほしろし」が対句表現の中でしか用いられていないという事実を重視するべきだと思う。

対句は、一つの意味を表す語句に対して、一つの意味を表す語句が対応するのが原則である。①②の歌を見ると、問題の「とほしろし」の部分を除けば、[19] ①の歌は、「山」に「川」、「春の日は」に「秋の夜は」、「山し」に「川し」、「見がほし」に「さやけし」、「朝雲に」に「夕霧に」、「鶴は」に「河津は」、「乱れ」に「騒く」、②の歌は、「山」に「川」、「野を」に「草こそ」、「広み」に「繁き」というように、一つの意味に対して、一つの意味が対応しており、共に均整のとれた対句になっている。仮に、

「とほしろし」をCの村山説のように、「遠し」と「白（著）し」の合成語（複合形容詞）と解すると、この部分だけが「高み」という一つの意味に対して、「遠し」と「白（著）し」という並立する二つの意味が対応することになり、対句として、極めて不自然な形になってしまうのである。その点、Bの北条説であれば、「ろし」を「遠し」の意味を強調する接尾辞と見るのであるから、「高み」という一つの意味に対して、対応するのは「遠し」という一つの意味ということになるので、対句としての不自然さはない。

対句法という構文論の観点から、「とほしろし」の解釈を検討すると、Bの北条説だけが解釈として妥当であることが明確になるのである。

五 「とほしろし」の意味

さて、「とほしろし」の語構成を「とほし（遠）＋ろし（接尾辞）」と分析する北条忠雄氏の解釈が正しいことが明らかになった。では、最後に改めて「川とほしろし」の意味を考えてみたい。

万葉人の用字・用語に深い影響を与えた原本系『玉篇』の抄出本である『篆隷万象名義』（高山寺本）を見ると、「遠」には、「離也」と共に「遐也」「大也」（第三帖、辵部、四十五丁ウ）の釈義がある。また、「迂」

には、「遠也、廣也、大也」（第三帖、辵部、四五丁ウ）の釈義がある。そして、「はるか」の意の「逖」「迥」「遼」「逴」「遐」「邈」「遥」には、「遠也」（第三帖、辵部、四五丁オ〜四六丁ウ）の釈義があり、「曠」には、「遠也」（第五帖、日部、一二二丁オ）という釈義がある。即ち、原本系『玉篇』を利用した万葉人達にとって、[20]「遠」＝「大」「逖・迥・遼・逴・遐・邈・遥」「廣・曠」であり得たのであり、「とほし」と言った場合は、「おほし」「はるか」「ひろし」の意味でもあり得たのである。実際、万葉集では、「遥」の字を、「遥孋《とほづま》」（10・二〇二二）[21]、「遥《はるけ》佐《さ》」（8・一四九四）、「遥《はるけ》之《し》」（19・四一五〇）というように、形容詞「とほし」と「はるけし」の語幹「とほ」と「はるけ」の両方の表記に当てていることから、万葉人達が「遠」＝「遥」と理解していたことが裏付けられる。また、時代は下るが、『類聚名義抄』（観智院本）には、「遼」（仏上、四六）に「トホシ」と共に「ハルカニ」、「邈」（仏上、四七）と「遐」（仏上、五八）に「トホシ」と共に「ハルカナリ」、「遥」（仏上、四七）と「逖」（仏上、四九）に「トホシ」と共に「ハルカ」、「曠」（仏中、八八）と「杳」（仏中、九九）に「トホシ」と共に「ハルカ」「ヒロシ」、「賖」（仏下、一六）に「トホシ」と共に「ハルカナリ」「ヒロシ」、「悠」（法中、九〇）に「トホシ」と共に「ハルカナリ」「オホキナリ」、「闊」（法下、八〇）に「トホシ」と共に「ハルカニ」「ヒロシ」という和訓が付されていることも、「とほし」には、「はるか」「ひろし」「おほし」の意味も含まれていたことを示す傍証となろう。当該例の「とほし」には、単に対象との距離が遠いという意味だけではなく、空間的時間的に遠い距離感を意味する「はるか」の意味も含まれており、その「はるか」な情景を面積的に捉えた「ひろし」の意味や容積的に捉えた「おほし」の意味も含まれていたと思われる。

従って、「川とほしろし」を「川は遠くはるかに流れてゐる」の意とする北条氏の解釈は、ほぼ当たっているが、より詳しく言えば、「川とほしろし」とは、「川がはるか遠くまで限りなく大きく広がって流れている情景」を形容したものであり、川の流れ行く様子を誇張して表現した国土讃美の文学的表現であると言うのが適切であろう。

なお、後世、「とほしろし」が「大」「偉大」と表記されて、「大」に「トホシロク」という形容詞の連用形のような訓点が付けられるようになったのは、「とほしろし」の語構成と「とほし」の語義についての理解が失われ、「とほしろし」が単に大きさを表す形容詞と思われるようになった結果であると推察される。

六　おわりに

以上、万葉語「とほしろし」の解釈について検討して来た結果、長きに渡り通説の地位にあった橋本進吉説は妥当ではなく、北条忠雄説が妥当であるとの結論に至った。北条忠雄氏の「とほしろし」の解釈は、前章で取り上げた希求の「ぬか・ぬかも」の成立論と同様[22]、卓見でありながら、今日まで、万葉学者・国語学者の間で全く顧みられることなく、埋もれた存在となっていた。それは、「ろし」という接尾辞が「とほし」に付いた例しかなく、「とほし＋ろし」という語構成を考えることが困難であったことに因るのだろう。しかし、「やし」「よし」「わ」「わし」「ゑ」「ゑや」という一連の接尾辞も特定の語句に付いた例しかない。「ろし」も、これらの接尾辞と同様、用法が固定化していたのだと考えられる。「ろし」を接尾辞と解することは、決して無理なことではないのである。また、北条説が埋没してしまった一因には、上代語研究における橋本進吉氏の功績と影響力の大きさもあったと思われる。だが、いかに著名な学者が提唱した学説であっても、安易に追従せずに、その当否を検証するという姿勢を常に心掛けておかなければならないと思うのである。

注

1　歌の理解の助けのために、筆者の判断で句読点を付けた。

2　橋本進吉氏「『とほしろし』考」『奈良文化』第六号（大正十四〈一九二五〉年五月、奈良文化学会）。後に『上代語の研究』（昭和二十六〈一九五一〉年十月、岩波書店）に所収。引用は、後者に拠る。

3　山田孝雄氏『万葉集講義巻第三』（昭和十二〈一九三七〉年十一月、宝文館）四一八頁～四二二頁。以下、山田説の引用は、同書に拠る。

4　北条忠雄氏「万葉集に見える『とほしろし』の考察」『国語研究』第八巻十一号（昭和十五〈一九四〇〉年十一月、国語学研究会編）。以下、北条説の引用は、同論文に拠る。

5　村山七郎氏「古代語『とほしろし』と『のどよひ』について」『国語国文』第二十一巻七号（昭和二十七〈一九五二〉年七月、京都大学国語学国文学研究室）。以下、村山説の引用は、特に注を付けない限り、同論文に拠る。

6　森重敏氏「『おぼのびに』と『とぼしろし』――付けたり、『をぐきがきぎし』――」『万葉』第九十四号（昭和五十二〈一九七七〉年四月、万葉学会）。以下、森重説の引用は、同論文に拠る。

7　吉田金彦氏「万葉のことばと文学〈十四〉――『とほしろし』――」『短歌研究』第三十四巻十号（昭和五十二〈一九七七〉年十月、短歌研究編集部）。以下、吉田説の引用は、同論文に拠る。

8　水野清氏「上代語への追跡（二）」『教育国語』第九十四号（昭和六十三〈一九八八〉年九月、むぎ書房）。後に「橋本博士の『とほしろし』論など」と題名を改めて、『記紀万葉語の研究』（平成二十三〈二〇一一〉年八月、笠間書院）に所収。以下、水野説の引用は、後者に拠る。

9　菊澤季生氏『国語音韻論』（昭和十〈一九三五〉年十一月、賢文館）一六〇頁～一六二頁。

10　山田孝雄氏『万葉集講義巻第二』（昭和三〈一九二八〉年二月、宝文館）五〇頁。

11　北条氏が挙げた例は、東歌と防人歌の東国語の例であり、中央語の「ろ」とは、別語と見る『時代別国語大辞典〈上代篇〉』（昭和四十二〈一九六七〉年十二月、三省堂）の見方もあるが、『岩波古語辞典』（昭和四十九〈一九七四〉年十二月、岩波書店）などは同語として扱っており、語源は同じと見てよいだろう。

12　木村紀子氏「日本の風景――『山高み川とほしろし』の系譜――」『奈良大学紀要』第五号（昭和五十一〈一九七六〉年十二月、奈良大学編）は、「『とほしーろし』という合成の切れ目を考えることは古代日本語として不可能」であると言っているが、北条論文を読んだ上での発言ではない。

13　村山氏は、（注5）論文では、「遠し」と「白（著）し」という合成語が「偉大」の意味になる理由を説明していなかったが、後に刊行した『国語学の限界――日本語における――』（昭和五十〈一九七五〉年十二月、弘文堂）では、一一九頁から一二三頁で、「遠白（著）し」という合成語である複合形容詞が「偉大にして顕著である」という意味になる理由を説明している。

14　前掲の『時代別国語大辞典〈上代篇〉』は、橋本説を採用しているが、一説として、この村山説も紹介している。

15　岡部政裕氏『万葉長歌考説』（昭和四十五〈一九七〇〉年十一月、風間書房）一一〇頁。大畑幸恵氏「赤人の対句―行幸従駕の歌における表現方法―」稲岡耕二先生還暦記念『日本上代文学論集』（平成二〈一九九〇〉年四月、塙書房）。

16　阿蘇瑞枝氏「後期万葉長歌における対句表現――赤人・金村を中心に――」『国語と国文学』第六十一巻四号（昭和五十九〈一九八四〉年四月、東京大学国語国文学会）。及び『万葉集全歌講義㈡』（平成十八〈二〇〇六〉年十二月、笠間書院）一九二頁。

17　①の赤人の歌については、夙に佐伯梅友氏が「山部赤人」『日本文学講座　第七巻　和歌文学篇下』（昭和九〈一九三四〉年十二月、改造社）において、「對句の著しい一例である」と言って、三連対の対句として扱っている。また、渡瀬昌忠氏も『柿本人麻呂研究〈歌集篇上〉』（昭和四十八〈一九七三〉年十一月、桜楓社）二五二頁において、①の歌を三連対の対句として扱っている。①の歌は、三連対の対句と見るのが、一般的な見方と言ってよいだろう。

18　阿蘇瑞枝氏「大伴家持の対句表現」『論集上代文学』第十三冊（昭和六十一〈一九八六〉年九月、笠間書院）も当然のことながら、二句対の対句としている。

19　「見がほし」は、分析すれば、「見（動詞連用形）＋が（格助詞）＋欲し（形容詞終止形）」となるが、「見たい」という一つの意味を表しており、完全に一語化しているので、「さやけし」という一つの意味を表す形容詞に対応する一つの意味を表す形容詞と見て差支えない。

20　小島憲之氏「上代における学問の一面――原本系『玉篇』の周辺――」『文学』第三十九巻十二号（昭和四十六〈一九七一〉年十二月、岩波書店）。

21 「孋」の本文は、新岩波古典文学大系に拠る。

22 拙稿「万葉集における希求表現『ぬか・ぬかも』の成立――北条忠雄氏の卓見の立証――」『解釈』第六十三巻三・四号（平成二十九〈二〇一七〉年四月、解釈学会）。本書第Ⅱ部第一章。

第三章　上代のク語法について

一　はじめに

記紀歌謡や万葉歌などに見られる語法で、その文法的組成について、未だに議論の対象となっているものに、いわゆるク語法がある。周知のように、ク語法とは、古くは、カ行延言とも呼ばれた語法で、動詞や助動詞に「く」が付いて、名詞化する語法である。このク語法の活用語への接続形式については、従来種々の説明がなされて来たのだが、十分な説得力を持つ説を見出せていないのが現状である。近年のク語法の研究史を纏めたものとして、井手至氏の詳細な論があるが、[1] その後も、ク語法に関する論は、発表されており、甲論乙駁といった状態である。[2]

そこで、本章では、ク語法の接続形式に関する諸説を改めて検討し、長年にわたるク語法をめぐる論争に終止符を打ちたいと思うのである。

二　ク語法の接続の形式面

先ず、通説でク語法とされる用例を、飽くまでも形式面で、どのような活用語に接続しているように見えるのかを分類して示してみよう。[3]

A　四段動詞（形式上、未然形＋ク）

①　梅の花散らく〈知良久〉はいづく。しかすがに、この城《き》の山に雪は降りつつ。（5・八二三）

②　梅の花夢に語らく〈加多良久〉、雅びたる花と吾思ふ。酒に浮かべこそ。（5・八五二）

③　……思ふそら安くあらねば、嘆かく〈奈氣加久〉を留めもかねて、……（17・四〇〇八）

B　ラ変動詞（形式上、未然形＋ク）

④　直に逢はずあらく〈阿良久〉も多く、敷妙の枕去らずて、夢にし見えむ。（5・八〇九）

C　上一段動詞（形式上、未然形＋ラ＋ク）

⑤　……紐解かぬ旅にしあれば、吾のみして清き川原を見らく〈見良久〉し惜しも。（6・九一三）

⑥　故郷の飛鳥はあれど、あをによし奈良の明日香を見らく〈見楽〉し良しも。（6・九九二）

D　上二段・下二段動詞（形式上、終止形＋ラ＋ク）

⑦　さ寝らく〈奴良久〉は、玉の緒ばかり、恋ふらく〈古布良久〉は、富士の高嶺の鳴沢のごと。（14・三三五八）

⑧　真金吹く丹生の真朱の色に出て、言はなくのみぞ。吾が恋ふらく〈古布良久〉は。（14・三五六〇）

⑨　……里人の吾に告ぐらく〈都具良久〉、……（17・三九七三）

E　サ変動詞（形式上、終止形＋ラ＋ク）

⑩　この岡に雄鹿踏み起こしうかねらひ、かもかもすらく〈為良久〉君故にこそ。（8・一五七六）

F　カ変動詞（形式上、終止形＋ラ＋ク）

⑪　夜のほどろ、出つつ来《く》らく〈来良久〉たびまねくなれば、吾が胸切り焼くごとし。（4・七五五）

G　否定の助動詞「ぬ（ず）」（形式上、ナ〈＝未然形〉＋ク）四段型活用

⑫　言に言へば、耳にた安し。少なくも心の中に我が思はなくに〈奈九二〉。（11・二五八一）

⑬　足柄の箱根の山に粟蒔きて、実とは成れるを、粟なく〈奈久〉も怪し。（14・三三六四）

⑭　足柄《あしがり》の刀比《とひ》の河内《かふち》に出づる湯の、よにもたよらに児ろが言はなくに〈奈久尓〉。（14・三三六八）

⑮ 海原に浮き寝せむ夜は、沖つ風、いたくな吹きそ。妹もあらなくに〈奈久尓〉。（15・三五九二）

⑯ ぬばたまの妹が干すべくあらなくに〈奈久尓〉。我が衣手を濡れていかにせむ。（15・三七一二）

⑰ 他国に君をいませて、何時までか吾が恋ひ居らむ。時の知らなく〈奈久〉。（15・三七四九）

⑱ 磯ごとに海人の釣船泊てにけり。我が船泊てむ磯の知らなく〈奈久〉。（17・三八九二）

⑲ ……我が屋戸の植木橘、花に散る時をまだしみ来鳴かなく〈奈久〉、そこは怨みずしかれども、谷片付きて家居せる君が、聞きつつ告げなく〈奈久〉も憂し。（19・四二〇七）

H 推量の助動詞「む」（形式上、マ〈＝未然形〉＋ク）四段型活用

⑳ 我が里に大雪降れり。大原の古りにし里に降らまく〈巻〉はのち。（2・一〇三）

㉑ 懸けまく〈麻久〉はあやに畏しこし。……（5・八一三）

㉒ 梅の花散らまく〈麻久〉惜しみ、我が園の竹の林にうぐひす鳴くも。（5・八二四）

I 過去推量の助動詞「けむ」（形式上、ケマ〈＝未然形〉＋ク）四段型活用

㉓ ……うち嘆き語りけまく〈家末久〉は、……（18・四一〇六）

J　完了の助動詞「つ」「ぬ」（形式上、終止形＋ラ＋ク）下二段型活用

㉔ 足引の山の木末のほよ取りて、かざしつらく〈都良久〉は、千年寿くとぞ。（18・四一三六）

㉕ 草枕旅に久しくあらめやと、妹に言ひしを、年の経ぬらく〈奴良久〉。（15・三七一九）

k　過去の助動詞「けり」（形式上、未然形＋ク）ラ変型活用

㉖ 世の中し苦しきものにありけらく〈家良久〉。恋にあへずて死ぬべき思へば。（4・七三八）

L　過去の助動詞「き」（形式上、ケ〈＝未然形〉＋ク）特殊型活用

㉗ 水たまる依網の池の、堰杙《ゐぐい》打ちが刺しける知らに、蓴《ぬなは》繰《ぐ》り延へけく〈祁久〉知らに、我が心しぞいや愚《をこ》にして今ぞ悔しき。（記・四四）

㉘ 水たまる依網の池に、蓴繰り延へけく〈鶏區〉知らに、堰杙築く川俣江の菱茎《ひしがら》の刺しけく〈鶏區〉知らに、我が心いや愚《うこ》にして。（紀・三六）

M　過去の助動詞「き」（連体形＋ク）特殊型活用

㉙ 道の後古波陀嬢子は、争はず寝しく〈斯久〉をしぞも愛《うる》しみ思《おも》ふ。（記・四六）

㉚ 道の後古波儴嬢子、争はず寝しく〈辭區〉をしぞ愛しみ思《も》ふ。（紀・三八）

㉛ 夜《よ》のほどろ、我が出《い》でて来れば、我妹子が思へりしく〈四九〉し面影に見ゆ。（4・七五四）

㉜ 住吉《すみのえ》の名護の浜辺に馬立てて、玉拾ひしく〈之久〉常忘らえず。（7・一一五三）

㉝ 我が背子をいづち行かめと、さき竹の背向に寝しく〈之久〉今し悔しも。（7・一四一二）

N 形容詞（形式上、未然形＋ク）

㉞ ……引き放つ矢の繁けく〈計久〉、……（2・一九九）

㉟ ……世の中の憂けく〈計久〉辛けく〈計久〉、……（5・八九七）

㊱ ……何時しかも人と成り出でて、悪しけくも〈家口毛〉善けくも〈家久母〉、見むと、大船の思ひ頼むに、……（5・九〇四）

㊲ 足引きの山路越えむとする君を心に持ちて、安けくも〈家久母〉なし。（15・三七二三）

㊳ 我妹子に恋ふるに、我れはたまきはる短き命も惜しけくも〈家久母〉なし。（15・三七四四）

㊴ ほととぎすいとねたけく〈家口〉は、橘の花散る時し来鳴きとよむる。（18・四〇九二）

O 形容詞の東国方言（形式上、未然形＋ク）

㊵ 梓弓欲良の山辺の繁かく〈可久〉に妹ろを立てて、さ寝処払ふも。（14・三四八九）

このように、同じク語法でも、接続の形式が異なるように見えるため、諸氏によって、種々の説が提出されることになるのである。

三　諸説

四段型・ラ変型活用（ＡＢＧＨＩＫ）に接続する場合は、未然形に接続すると見る。この点は、大方の見解が一致していると言えよう。しかし、四段型以外（ＣＤＥＦＪ）の場合は、諸氏の間で見解が分かれている。

例えば、下二段動詞「告ぐ」の場合は、⑨のように「告ぐらく」となるが、「告ぐら」という形態は活用形にはない。そのため、諸氏によって、見解が異なって来るのである。今ここで、全ての説を紹介する余裕はないので、詳細は、前掲の井手至氏の論文に譲り、代表的な説のみを紹介しておこう。

最も一般的な説として、動詞的活用語では、四段型・ラ変型の未然形に「く」が付き、上二段型・下二段型・カ変・サ変・ナ変の終止形には「らく」が、上一段活用の未然形にも「らく」が付くとし、形容詞には古い未然形の「け」に「く」が付き、過去の助動詞「き」には連体形の「し」に「く」が付くとする佐伯梅友氏の説がある。[4] しかし、この説は、同じ「く」と考えられるものが、一つは未然形に接し、一つは「らく」となって、終止形と未然形に接し、一つは連体形に接すると説く点が、いかにも不統一であるという批判を免れる事は出来ない。

この不統一な点を解消しようとしたものに、有名な大野晋氏のアク説がある。[5] この説は、「あく」

という古い形式名詞があり、それが活用語の連体形に付き、連体形語尾との間に音融合、音脱落を起こしてク語法が成立したと見るのである。例えば、「恋ふる＋あく」が「恋ふらく」になり、「言ふ＋あく」が「言はく」になると説くのである。だが、この考え方にも、普遍性が認められない。それは、音韻変化が起こらないMの例「寝しく」「思へりしく」「拾ひしく」があるからである。これらは、「あく」が接続したのであれば、「寝さく」「思へりさく」「拾ひさく」となるはずなのだが、そうはなっていないので、アク説では、説明がつかないのである。

この他にも諸説はあるが、いずれも一長一短があり、定説と言えるものは現れていない。それは、いずれの研究者もク語法の接続形式について、統一的な説明ができず、自説で説明できない例は、全て例外として、処理している点に原因がある。ク語法も、語法・文法である以上、安易に許容事項を設けずに、可能な限り、統一的な説明方法を見出すことに努力を払わなければならないのは当然である。

実は、前掲の二説に先行し、ク語法の接続形式について、統一的な説明をしようとした論は、既に提出されているのである。岡倉由三郎氏によって提出された「く」は、全て連体形に接続するという説である。[6] 岡倉氏は、

㈠　形容詞の場合には、連体形の末尾の母音イをエに変えて「く」が付く。

㈡　動詞の場合には、連体形の末尾の母音ウをアに変えて「く」が付く。とされ、その結果、「白きく」となるべきところが、「白けく」となり、「思へるく」となるべきところが、「思へらく」となったとするのである。そして、このように、母音が変わるのは、音調を良くするためであると考えられると言う。つまり、「く」にウの音があることから、ウで終わっている動詞の連体形は、アの音に転じて、ウの重複を避けたと思われ、形容詞の連体形の「き」を「け」に変えたのは、ウ音の衝突はないが、「く」と「き」共に「k」音を持っていることから、イをエに弛めて、ウとイという狭い母音が二つ並ぶのを避けたからだと思われるとしている。

佐伯・大野両氏に代表されるク語法の接続形式の論は、過去の助動詞「き」の連体形「し」に付いた例を例外としているが、岡倉氏は、「く」は、全て連体形に付くとして、例外を認めず、統一的な説明をしようとした説であり、ク語法の研究史上で画期的なものであり、高く評価されるべき論と言える。

しかし、この説にも、問題はある。それは、動詞の場合は、狭い母音ウの重複を避けるために広口母音アに転じたとするのは良いが、過去の助動詞の連体形の場合は、「〜しく」というように、母音イとウが連続するのに、母音変化が起こらず、形容詞の場合は、なぜ、同じ狭い母音イとウの連続を避けて、先行母音のイがエに変化するのかという点である。この点についての具体的な説明を岡倉氏はしていない。

このク語法は、全て連体形に接続するという岡倉説を受けて、それを更に補強しようとした福田良輔氏の論がある。[7] 福田氏は、有坂秀世氏の上代国語の母音交替の現れる条件として示した、

(a) エ列イ列に終る形はそれが単語の末尾に立つ場合にも用ゐられ得るものであり、

(b) ア列ウ列オ列で終る形は、そのあとに何か他の要素がついて一語を作る場合にのみ用ゐられるものである。

という法則に基づき、[8] ク語法の成立には、(b)の法則が作用していると考え、母音ウを含む接尾辞の「く」が付くことにより、動詞の連体形語尾の母音ウがアに交替して、それに「く」が付いたものと見たのである。四段・ラ変動詞であれば、

動詞	終止形	連体形	ク語法
四段	言ふ〔ifu〕	言ふ〔ifu〕	言はく〔ifaku〕
ラ変	有り〔ari〕	有る〔aru〕	有らく〔araku〕

という変化が起きたのであり、形式上は、未然形に付いているように見えるが、実は連体形に付いているとするのである。また、上一段・上二段・下二段・カ変・サ変・ナ変であれば、

動詞	終止形	連体形	ク語法

上一段　見る〔miru〕　見る〔miru〕　見らく〔miraku〕
上二段　落つ〔otu〕　落つる〔oturu〕　落つらく〔oturaku〕
下二段　告ぐ〔tugu〕　告ぐる〔tuguru〕　告ぐらく〔tuguraku〕
カ変　来〔ku〕　来る〔kuru〕　来らく〔kuraku〕
サ変　す〔su〕　する〔suru〕　すらく〔suraku〕
ナ変　往ぬ〔inu〕　往ぬる〔inuru〕　往ぬらく〔inuraku〕

という変化が起きたのであり、形式上は、未然形や終止形に「らく」が付いているように見えるが、それは、飽くまでも見た目の上のことであって、全て連体形に「く」が付いたものであり、「〜らく」の形が現れたのは、母音ウがアに交替した結果であるとする。形容詞については、古形の連体形「け」に「く」が付いて、「〜けく」の形をとったとするのである。理に適った説ではあるが、この説にも難点がある。それは、動詞には、ア母音の語尾に「く」が付き、形容詞には、古い連体形に「く」が付くという接続方法が異なる点を、どのように説明するのかということである。

ク語法の接続形式について、全て連体形に付くとする岡倉・福田両氏の説は、ク語法が名詞的な語句を形成することから考えて、極めて合理的な説であるが、いずれも難点があった。その難点を解消した説として、上代語上代文学の研究者の間では、全く顧みられていない平安朝文学研究の碩学萩谷朴氏の提出したク語法の解釈の説がある。[9] この説は、『土佐日記』承平四年(九三四)十二月廿六日条の、

○　白栲の波路を遠く行き交ひてわれに似べきは誰ならなくに

という歌の第五句「たれならなくに」の語法の説明として、上代のク語法の研究とは、全く無関係の立場で提出されたものであったので、上代語上代文学の研究者の間で注目されなかったのも、当然と言えば当然であった。

萩谷氏は、山田孝雄氏の「く」が場所を表す詞であるとする説を受け、[10] ク語法の「く」は、抽象的にも具象的にも、ある一点を指示する形式名詞であると見て、この「く」は、形式名詞、即ち、体言であり、体言であるならば、未然形や終止形に付くはずはなく、相手が動詞であろうと助動詞であろうと一律に連体形に付くものと考えなければならないとされた。この点は、先の岡倉・福田両氏の説と軌を一にするものであり、萩谷氏の説は、研究史的に見れば、岡倉・福田両氏の説の延長線上に成

立した説と言える。氏は、岡倉・福田説には、全く言及していないが、萩谷氏が文法研究者ではなく、文学研究者であることを考えれば、岡倉・福田説の存在を知らなかったのは、無理のないことであった。

そこで、氏の説を見てみることにしよう。ク語法の「く」が付く品詞を、動詞・助動詞・形容詞を対象としている通説に対して、萩谷氏の説は、ク語法の「く」が付く品詞を、動詞と助動詞に限定しており、形容詞のク語法は、認めていない点に大きな特徴がある。

では、連体形に接続するのであれば、なぜ、「語るく」「恋ふるく」「あらぬく」とならずに、「語らく」「恋ふらく」「あらなく」という形になっているのかというと、ル・ク〔ru + ku〕、ヌ・ク〔nu + ku〕というウ母音の連続する発音の窮屈さを避けて、先行母音が母音変化を起こし、より発音しやすいア母音に転じて、カタル・ク→カタラ・ク、コフル・ク→コフラ・ク、アラヌ・ク→アラナ・クになったからであると考えられるとする。そう考えれば、「おもへりしく」「まうししく」などの連体形からの接続例と矛盾することはないと萩谷氏は言うのである。そして、氏は、ク語法の接続を、次のように、分類説明している。

(1)　母音変化を起こさぬもの

　助動詞「き」の連体形「し」（母音イ）から接続する＝思へリシク。・申シシク。・拾ヒシク。・来シク等

(2)　母音変化を起こすもの

動詞や助動詞の連体形（母音ウ）から接続する＝言フク→言ハク・老ユルク→老ユラク（老イラクとも）・見ルク→見ラク・言ヒケルク→言ヒケラク・思ヘルク→思ヘラク・有ラヌク→有ラナク・経ヌルク→経ヌラク等

(3)　母音に複式変化を起こすもの

動詞の未然形＋可能の助動詞「る」（母音ウ）の連体形から接続する＝惜シマルルク→惜シマルラク→惜シムラク・願ハルルク→願ハルラク→願フラク等

このように考えれば、全て連体形から接続すると統一的な説明が可能になる氏はと言う。そして、氏は、通説では、「をしけく」「さむけく」「さやけく」「はるけく」などの形容詞の古い未然形「け」に、福田説では、古い連体形の「け」に「く」が接続したとされるものについて、「―け」までを語幹とする「をしけし」「さむけし」「さやけし」「はるけし」といった本来のク活用の形容詞の連用形（名詞形）であって、形式名詞の「く」とは、全く無関係のものであり、動詞・助動詞の連体形に接続する形式名詞「く」とは、画然と区別して考えなければならないとしたのである。

萩谷氏の説は、従来、ク語法とされていた形容詞の例を全て形容詞の連用形として扱い、ク語法とは無関係なものとしたことで、ク語法とは、動詞・助動詞の連体形に接続するものであるという統一的な説明を可能にした卓見であると言ってよい。

五　萩谷説の検証

さて、萩谷氏の説は、卓見なのだが、『土佐日記』という平安時代の作品を元に提示されたものであるので、第二節で示した記紀歌謡・万葉歌の例に当てはまるかどうか、検証しておこう。

氏の示した⑴の法則に当てはまるのが、Mの「寝しく」「思へりしく」「拾ひしく」の例であり、⑶の法則に当てはまる例は、記紀歌謡・万葉歌にはなく、後は、全て⑵の法則に当てはまると言ってよい。念のため、変化の事例を示しておこう。

A、①「散るく」→「散らく」、②「語るく」→「語らく」、③「嘆くく」→「嘆かく」　B、④「あるく」→「あらく」　C、⑤⑥「見るく」→「見らく」　D、⑦「寝るく」→「寝らく」　⑧「恋ふるく」→「恋ふらく」、⑨「告ぐるく」→「告ぐらく」　E、⑩「するく」→「すらく」　F、⑪「来るく」→「来らく」　G、⑫⑬⑭⑮⑯⑰⑱⑲「ぬく」→「なく」　H、⑳㉑㉒「むく」→「まく」　I、㉓「けむく」→「けまく」　J、㉔「つるく」→「つらく」、㉕「ぬるく」→「ぬらく」　k、「けるく」→「けらく」

これらは、全て⑵の法則により、発音のしやすさから、〔u＞a〕という母音変化が起きたものである。ただ、問題となるのは、Lの㉗㉘の「延けく」と㉘の「刺しけく」である。この例は、萩谷氏の⑴から⑶までの法則に当てはまらない例外のように見える。しかし、「延へけく」は、「延へけらく」の転形、「刺しけく」は、「刺しけらく」の転形であり、[11]「延へけらく」が「延へけるく」、「刺しけらく」が「刺しけるく」から成り立って来た形であると考えられるので、やはり、これも〔u＞a〕の母音変化を経たものであり、例外ではないと思われる。

萩谷説で、もう一つ検証しておかなければならないのは、従来、形容詞のク語法とされる例を、全て形容詞の連用形（名詞形）として、処理したという点である。

万葉集中には、次のように、「さやけく」（連用形）「さやけし」（終止形）「さやけき」（連体形）と活用するというク活用形容詞の例がある。

㋐ 剣大刀いよよ研ぐべし。古《いにしへ》ゆさやけく〈佐夜氣久〉負ひて来にしその名ぞ。（20・四四六七）

㋑ ますらをのさつ矢たばさみ立ち、向ひ射る的形は、見るにさやけし〈清潔之〉。（1・六一）

㋒ うつせみは数なき身なり。山川のさやけき〈佐夜氣吉〉見つつ道を尋ねな。（20・四四六八）

また、万葉集中には、「静けく」（連用形）「静けし」（終止形）と活用するク活用形容詞の例もある。

㋓ 佐保川の川波立たず、静けくも〈静雲〉君にたぐひて、明日さへもがも。（12・三〇一〇）

㋔　暁と夜烏鳴けど、この森の木末が上はいまだ静けし〈静之〉。（7・一二六三）

右の㋐の「さやけく」や㋓の「静けく」は、第二節で示した形容詞のク語法と同じ「〜けく」という形であるが、ク語法ではなく、通説では、形容詞の連用形として扱われている。全く同じ「〜けく」という形であるにも拘わらず、一方が形容詞のク語法で、もう一方は、形容詞の連用形として扱われているのである。それは、ク語法とされるものには、終止形や連体形の例がなく、「さやけく」には、終止形と連体形の例があり、「静けく」には、終止形の例があることに原因があるのだろう。だが、次の例は、万葉集中に、終止形や連体形の例はなく、連用形の例しかないにも拘わらず、通説では、ク語法ではなく、形容詞の連用形として、扱われているのである。

㋕　他国は住み悪しとぞ言ふ。速《すむ》やけく〈須牟也氣久〉早帰りませ。恋ひ死なぬとに。（15・三七四八）

それは、動詞を修飾していることと、『新撰字鏡』（天治本、巻二・二十七丁オ）に「迫急、須牟也介之」という終止形の例があることに拠るのだろうが、万葉集中に終止形や連体形がないものは、全て形容詞のク語法として扱っている訳ではないのであるから、通説の姿勢には、一貫性がないと言えよう。

それに対して、ク語法とされる「〜けく」も、形容詞の連用形の「〜けく」も、同じ「けし」一類の形容詞として、一括して扱った萩谷説は、非常に合理的である。形容詞のク語法とされる例には、

㊱の「悪しけくも」「善けくも」、㊲の「安けくも」、㊳の「惜しけくも」という「も」助詞が下接した例があり、形容詞の連用形とされる例にも、㋓の「静けくも」という「も」助詞が下接した例がある。こうした連用形に続く「も」助詞の付いた例があることから考えても、両者を共に形容詞の連用形として処理することは、何ら不自然ではない。むしろ、従来、形容詞のク語法とされていた㉞から㊵までの例も、㋐から㋕までの「さやけし」「静けし」「速やけし」と同じ、「繁けし」「憂けし」「辛けし」「悪けし」「善けし」「安けし」「惜しけし」という「けし」一類のク活用形容詞として扱う萩谷氏の方が、その姿勢に一貫性があると言える。萩谷説には、これといった難点はないのである。

六　おわりに

以上、ク語法をめぐる諸説を見て来たが、萩谷朴氏の説が合理的であるとの結論に至った。氏は、同じ時代、同じ分野の研究者による共同研究よりも、隣接諸学との学際間の交流こそが大切であるとのことをよく我々に説いていたが、ク語法に対する萩谷氏の卓見が顧みられなかったのも、上代語上代文学の研究者が、他の時代の研究者の発言に注目しなかったことに原因があると思う。上代語上代文学の研究者は、他の時代の文学語学の研究者や考古学、歴史学などの隣接諸学の研究者の発言に耳を傾ける必要があるのではないだろうか。氏の講筵に列した者の一人として、その大切さを痛感する次第である。

注

1　井手至氏「ク語法（カ行延言）アク説は悪説か――ク語法研究の展開――」『国文学解釈と鑑賞』第二十九巻十一号（昭和三十九〈一九六四〉年十月、至文堂）。後に『遊文録〈国語学篇〉』（平成八〈一九九六〉年九月、和泉書院）所収。

2　北条忠雄氏「いわゆる接尾辞『く』の本質（前論）」『秋田大学教育学部紀要〈人文科学・社会科学〉』第二十一号（昭和四十五〈一九七〇〉年二月、秋田大学教育学部研修委員会）、同氏「いわゆる接尾辞『く』の本質――中――『く』考察の経緯をたどる」『秋田大学教育学部研究紀要〈人文科学・社会科学〉』第二十二号（昭和四十六〈一九七一〉年二月、秋田大学教育学部研修委員会）、同氏「いわゆる接尾辞『く』の本質――いわゆる形式状態詞クおよびカ・ヤ・ゴト・サの記述的歴史的比較的研究――後論――」『秋田大学教育学部研究紀要〈人文科学・社会科学〉』第二十三号（昭和四十七〈一九七二〉年二月、秋田大学教育学部研修委員会）。

3　理解の助けのために、筆者の判断で、句読点を付した。

4　佐伯梅友氏『奈良時代の国語』（昭和二十五〈一九五〇〉年九月、三省堂）一三九頁〜一四七頁。

5　大野晋氏「古文を教える国語教師の対話――文法史の知識はどのやうに役立つか――」『国語学』第八集（昭和二十七〈一九五二〉年一月、国語学会）。

6　岡倉由三郎氏「語尾のくに就いて」『言語学雑誌』第一巻第一号（明治三十三〈一九〇〇〉年二月、宝永館書店）。

7　福田良輔氏「古代語法存義（その一）――エ列音の連体形――」『文学研究』第四十八号（昭和二十九〈一九五四〉年三月、九州大学大学院人文科学研究院編）、「ア列音の機能とク語法」『文学研究』第六十五号（昭和四十三〈一九六八〉年三月、九州大学大学院人文科学研究院編）。

8　有坂秀世氏『国語音韻史の研究〈増補新版〉』（昭和四十三〈一九六八〉年十二月、三省堂）四十九頁〜五十一頁。

9　萩谷朴氏「土佐日記講読余録(二)」『解釈』第六巻十一号（昭和三十五〈一九六〇〉年十一月、解釈学会）、『土佐日記全注釈』（昭和四十二〈一九六七〉年八月、角川書店）八十七頁〜八十八頁、『本文解釈学』（平成六〈一九九四〉年九月、河出書房新社）八十五頁〜九〇頁。

10　山田孝雄氏『奈良朝文法史』（大正二〈一九一三〉年五月、宝文館）四四四頁〜四五三頁。

11　北条忠雄氏（注2）の第一論文。

付章　万葉集における動詞基本形の時制表現

一　はじめに

古代語について、動詞の基本形である「〜す」（以下、助動詞の付かない動詞の裸の語形を「〜す」で代表させる。）の意味・用法を明らかにして、テンス（時制）を体系的に捉えようとする研究は、加藤康秀氏によって始められ[1]、後に鈴木泰[2]・山口佳紀両氏[3]が加わり、近年、盛んに行なわれるようになって来た。こうした研究が盛んになって来たのは、先駆けとなった加藤氏の論に触発されて[4]、従来のように、いわゆる助動詞の付いた語形だけを取り上げて、意味・用法を検討しても不十分であり、「〜す」を基準に置きながら、「〜しき」、「〜しけり」、「〜せむ」などの語形との対立関係に注目して、テンスを表す語形のシステムを明らかにして行かなければならないことに古代語の研究者が漸く気付き始めたからであろう。筆者も、万葉集を研究対象とした山口佳紀氏の論の驥尾に付して、万葉集の動詞基本形「〜す」のテンス的意味について検討した拙論を公にした。[5]

その後、万葉集の動詞基本形のテンスの論については、筆者の論に対する山口佳紀氏の反論があり、[6]それに対して、筆者が再反論をして、[7]更に、山口氏が再々反論するという形で議論が継続中である。[8]また、その最中に、韓国の日本語研究者である朴鍾升氏によって、山口氏と筆者の一連の論争に対する批判の論も発表されている。[9]

さて、万葉集に限って見ても、研究の現状は、このように、甲論乙駁といった状況にある。それは、こうした方面の研究が本格的に始められてから日が浅いために、研究のあるべき姿さえもまだ定まっておらず、基礎的な事柄に関しても、論者間で共通の理解が得られたとは言い難いことに起因していると思われる。このような状況下で議論を進めては、却って混乱を来たすことになろう。

そこで、本章では、万葉集における動詞のテンスの研究を共通の地点から第一歩を踏み出すために、もう一度研究の出発点に立ち戻り、筆者が考える古代語動詞のテンスの研究のあるべき姿について述べ、万葉集における動詞基本形「〜す」の意味・用法についての筆者の見解を示しておこうと思うのである。

二　万葉集のテンスの研究に当たって

(1)　動詞のテンスと文のテンス

さて、常識的に見れば、テンスとは、「ある事象の生起・存在が発話時を基準として、それより前（過去）か、それと同時（現在）か、それより後（未来）かを表し分けることについての文法的カテゴリー」であり、「動詞において最も典型的に見られる現象である」と言えよう。[10]そのテンスを研究するに当たっては、先ず、奥田靖雄氏の次のような視点に注目する必要がある。

動詞のテンスの体系は、文の時間を表現する、重要な手段であるとしても、文の時間ではない。文の時間は、時間をさししめす状況語、あるいは連用修飾語、時間的なつきそい文などが、終止の位置にあらわれる動詞のテンスとからみあって、表現している。[11]

これは、現代語のテンスについての視点であるが、古代語のテンスを研究する上でも、極めて重要な視点と言える。例えば、現代語の動詞「いる」は、「教室に学生がいる。」のように、基本的には現在時を表しているが、「彼は明日も家にいる。」のように、時間的な状況語に規定されてしまうと、未来時を表すことになる。同じ「いる」という動詞でも、前者のような文の構造に縛られていない「自由な意味」[12]（＝基本的な意味）の場合と、後者のような文の構造によって意味が規定された「構造的に縛られた意味」[13]の場合とでは、テンスが異なって来るのである。従って、前者の形態論が対象とする動詞の語形自体が表すテンスと、後者の構文論が専門とする文のレベルのテンス（テンポラリティー）とは、区別して扱う必要がある。順序としては、基本である動詞の語形自体が、どのようなテンスを表しているのかを先に考察すべきである。古代語について考える場合も同様で、構文論的に条件づけられていない「〜す」が、同じく構文論的に条件づけられていない、いわゆる助動詞が付属した動詞の他の語形との対立関係の中で、どのようなテンスを表しているかを把握し、それを土台として、構文論的に条件づけられた場合の諸現象を把握すべきであろう。

また、テンスの研究に当たっては、最初は文末における基本的な用法を考察の対象に据えるべきである。即ち、山口氏が、動詞の構文的位置に注目して、[14]

終止法　（例）花咲く。　花ぞ咲く。　花こそ咲け。
連体法（準体法を含む）（例）花咲く道を行く。　花の咲くを見る。
接続法　（例）花咲き、鳥歌ふ。　花咲きて、鳥歌ふ。
　　　　　　　花咲かば、鳥歌はむ。　花咲けば、鳥歌ふ。

の三種に分けてテンスを考えるべきだとした中の終止法を最初の考察の対象にしなければならない。連体法や接続法は、「花咲く」と「道を行く」や「花咲く」と「鳥歌ふ」といった事柄と事柄の関係を除外して扱うことができない一種の構造的に縛られた用法であって、基本的な意味から離れた常に構文論的に考察しなければならない用法である。従って、動詞の語形が表す基本的なテンスとは、別次元の問題として扱わなければならない。

因みに、朴鍾升氏は、古代語の「動詞原形（筆者注―基本形）はテンス的意味に対してはニュートラルであると言える。動詞原形がテンス的にニュートラルであるがゆえに、構文的に異なる位置に同じ語形が用いられる」として、「動詞原形にはテンス的意味・機能は備わっていない。文の時間は描写された事柄の前後関係、または因果関係によってさしだされる。」と結論している。[15] この朴氏の論には、前述した形態論レベルの問題と構文論レベルの問題を区別して扱うという視点が欠如している。氏の論を詳しく検討するには稿を改めなければならないが、形態論レベルでの基本形「～す」が担うテンス的意味を最初から認めずに、いきなり構文論レベルの問題を包括して、このように「～す」の意味を断言してしまうのは、あまりにも性急な結論という批判を免れることはできないだろう。

論を本筋に戻そう。テンスを研究するに当たっては、動詞自身の持つカテゴリカルな意味にも注目する必要がある。例えば、現代語では、周知のように、動作動詞か状態動詞（いわゆる存在動詞も含む。）かによって、テンスの意味に違いが生じる。状態動詞であれば、基本の言い方「～する」は、「ここに本がある。」のように、現在時を意味するが、動作動詞の基本の言い方「～する」は、「私は学校へ行く。」のように、未来時を意味する。こうした動詞のカテゴリカルな意味の違いが、テンスの意味に影響するということも、古代語のテンスを扱う上で、当然、考慮しなければならないことである。

(2) テンス・ムードの基本的なシステムの捉え方

さて、山口氏は、「終止法においては、万葉集で見るかぎり、テンス的対立が極めて整然としている。」と言って、[16] 万葉集の文末のテンス・ムードのシステムを、（表1）のように整理している。

（表1）

叙法＼時	過去	現在	未来
確言法	連用形＋キ	基本形	
推量法	連用形＋ケム	終止形＋ラム	未然形＋ム

この整理の仕方は、便宜的なものとしては肯定できるが、万葉集のテンス・ムードの表現形式が、最初から、このように整然としたものだと決め込んでしまうのは、問題である。先ず、「～す」の意味・用法を確言法の現在時に限定し、確言法の未来に相当する言い方を認めていない点が問題である。こ

の点に固執したために、氏は、自説に適合するように、万葉歌を強引に解釈することになる。また、基本的なシステムの中に、「〜すらむ」を位置づけている点も問題である。いわゆる動詞の連用形や未然形に助動詞が接続した「〜しき」、「〜しけむ」、「〜せむ」は、融合的な語形（synthetcal From）であるのに対して、いわゆる動詞の終止形に助動詞が接続した「〜すらむ」は、「〜すらし」、「〜すべし」などと同じ分析的な語形（analytical from）である。筆者は、両者を区別して扱うべきだと考えている。以下に、その理由を述べよう。

　いわゆる終止形に接続する助動詞「らむ」、「らし」の成立について、北原保雄氏は、語源を「あらむ」、「あらし」と想定して、

○　花↓　咲く＞　あらむ。　○　雪↓　降る＞　あらし。

という構文から成立したものだとした。[17] 一つの主語（「花」、「雪」）に対して、二つの述語（「咲く」「あらむ」と「降る」「あらし」）が対応する上代特有の〈複述語構文〉なるものが存在し、後にア音が脱落したものと考えたのである。更に、「べし」の成立についても、語源「うべし」を想定して、同様に説明することが可能であると言っている。[18] これに対して、山口氏は、終止形が古くは連用形のように名詞法を有していたのではないかと推察して、

○　潮　満つ　あらむ　→　潮満つらむ

○　夏　来る　あらし　→　夏来るらし

○　梅の花　咲き渡る　うべし　→　梅の花咲き渡るべし

という構文から成立したものだとした。[19] この場合「満つ」、「来る」、「咲き渡る」は、体言相当で連用形と等価であるとし、「あらむ」、「あらし」、「うべし」と主述関係をなしていたと見て、後にア・ウ音が脱落したものと考えたのである。いずれにしても、「〜すらむ」などの語形は、基本形「〜す」に、自立性の強い補助的な単語が接続してできた語形であり、語形を形成する段階が比較的遅かったため、北原・山口両氏が示したように、上代文献から帰納して、構文的に成立を分析することが可能で、「〜す／らむ」、「〜す／らし」、「〜す／べし」といった具合に、ごく自然に全体を二つの部分に分けることができる語形なのである。一方の「〜せむ」、「〜しけむ」などの語形は、語形を形成して固定する発達の段階が早く、「〜すらむ」などの語形で、北原・山口両氏が行なった構文的な分析方法では、成立を論じることが不可能で、動詞と完全に融合し、全体を二つに分けることができない語形なのである。このように成立する次元が歴史的に異なる融合的な語形と分析的な語形との間には、形態論的なレベルにおいて、一定の質的な違いがあるものと予測する必要がある。実際、古代語動詞の形態論的な研究が不十分な現段階においても、万葉集中の「～せむ」、「～しけむ」には、「未然形＋ば」のいわゆる仮定順接の形を受けた例があるが、万葉集中の「～すらむ」には、そうした例がないという、[20]融合的な語形と分析的な語形の質的な違いを部分的にではあるが指摘することができるのである。研究が進めば、両者の違いが一層鮮明になる可能性がある。そのような両者は、区別して扱っておくのが、研究の出発点としては妥当であろう。

ところで、このような筆者の考え方に対して、山口氏は、

〈終止形＋ラム〉について、そのような「分析」が許されるならば、〈連用形＋ケム〉は、〈連用形＋キ〉における未然形に、ムのついたものであろうから、これまた、「分析的語形」ということにならないであろうか。

と批判した。[21]しかし、この批判は、全く的はずれである。なぜなら、「～しけむ」を「け」（＝「き」の未然形）と「む」に分解できるというのは、音節レベルで語構成を考えたものであり、「～すらむ」について、山口氏自身が行なった構文的なレベルで語形の成立を分析した方法とは全く次元が異なるものだからである。「～しけむ」を「～すらむ」、「～すらし」と同列に扱って、北原・山口両氏の構文的な分析方法で成立を論じることが不可能であることは、誰の目にも明らかであろう。

要するに、山口氏の批判は、分析的な語形の概念を誤解したことによるものであって、到底受け入れられるものではない。

さて、山口氏の整理の仕方の問題点を述べてみたが、筆者にも、万葉集のテンス・ムードのシステムについて、明確な説明を与える用意はない。ただ、現時点での憶測を言えば、テンス・ムードの基本的なシステムとしては、先ず、融合的な語形として、（表2）のような対立関係が存在していたと考えている。そこに、この対立関係では、表現しきれないテンス・ムードを補う形で、分析的な語形「〜すらむ」が、後から発達して割り込んで来たのではないかと思われる。

（表2）

〜す	〜せむ
〜しき	〜しけむ

念のために、一言しておくが、このテンス・ムードの基本的なシステムのパラダイムを、もはや、いささかの修正も許さない絶対的なもののように見られるのは、迷惑である。勿論、筆者の捉え方も絶対的なものではない。今後、テンス・ムードの研究が進めば、かなりの修正を受けることになるかもしれない。つまり、山口氏のように、はじめに結論ありきという方法では危険であり、研究の前提となるテンス・ムードの基本的なシステムのパラダイムは、研究の進展によって、修正可能な最小限

度のものに止めておくのが穏当であるということなのである。
以上、研究の在り方について、私見を述べてみた。

三　万葉集における文末の「〜す」の意味・用法

(1)　長歌と短歌のディスコース

前節のような論拠に立って、本節では、万葉集のテンスの体系を捉えるための基本と言える文末の「〜す」の意味・用法について、私見を述べてみたい。

ところで、中古語を対象とした古代語のテンスの研究では、古今集のような和歌におけるテンスと源氏物語のような散文におけるテンスとの間に違いがあることが指摘されて既に一つの常識となりつつある。[22] また、現代の小説を資料とした現代語のテンスの研究でも、日常の話し合いである会話文と、そうでない地の文の語りとでは、テンス形式の現れ方が異なっていることが指摘されており、その観点での研究が深められている。[23]

万葉集のテンスの研究にも、こうした視点を導入する必要があると思われる。筆者の論も含めて、従来の万葉集のテンスの研究では、長歌と短歌を区別して、両者のテンスの違いが論じられることはなかったように思う。おそらく万葉集という資料の同一性から、長歌と短歌という歌体の違いが無視されて、両者は同列に扱われて来たのだろう。しかしながら、原則として、一定の瞬間的な事柄を描写する短歌と、線条的な言葉のつながりの中に多様な事柄の描写を錯綜的に盛り込む長歌とでは、当然、和歌と物語、話し合いと語りに相当するであろうディスコースの違いが予想される。従って、筆者は、長歌と短歌は区別して扱い、それぞれのテンスの特徴を解明して行かなければならないと考える。但し、本章で、その全用例を検討することは不可能である。それ故、長歌の考察は、別稿に譲り、[24]本章では、長歌よりも比較的意味が把握しやすい短歌の文末の「〜す」の意味・用法の注目すべき点を述べるに止めて、今後の研究の礎石としたいと思うのである。

(2) 文末の「〜す」の基本的な意味・用法

万葉集の短歌の文末の「〜す」は、現在の状態を叙述したものが圧倒的に多い。例えば、

① 楽浪の大山守は、誰がためか山に標結ふ〈結〉。君もあらなくに。（2・一五四）

② 梅が枝に鳴きて移ろふうぐひすの、羽白妙に沫雪ぞ降る〈落〉。（10・一八四〇）

③ 明日香川黄葉葉流る〈流〉。葛城の山の木の葉は今し散るらし。（10・二二一〇）

というものである。これらの歌の中には、実際にその現場に居て詠んだ歌もあれば、後日、当時の情景を思い浮かべて詠んだ歌もあるだろう。だが、右に列挙した例は、一応、現在の情景を描写している立場のものと言ってよい。従って、①から③までの「〜す」は、現代語に訳すとすれば、「〜する」ではなく、「〜している」と訳すのが適切である。現代語の場合、動作動詞の基本の言い方「〜する」は、主として未来を意味してしまうので、現在進行中の状態を表すためには、「〜している」という語形を使用しなければならない。その点、万葉集では、それらの動詞の「〜す」が現在の状態を叙述したものが多いということは、現代語のテンス・アスペクトと大きく異なる点である。また、変化を意味する動詞(現代語の変化動詞に相当する。)において、変化が実現した結果によって、新しい状態が生じ、その状態が定着している様子を表す場合も、万葉集では、

④　大君の命畏み、大殯の時にはあらねど、雲隠ります〈雲隠座〉。(3・四四一)

⑤　我が屋戸の浅茅色づく〈色付〉。吉隠の夏身の上に時雨降るらし。(10・二二〇七)

のように、「〜す」が使用される。諸注の中には、これらの例を「〜した」と過去形に現代語訳しているものもあるが、やはり「〜している」と訳すのが適切である。なお、状態を意味する動詞の「〜す」が現在の事柄を叙述する点は、現代語の状態動詞と同様である。次の例は、状態を意味する動詞であり、現代語訳する場合も、そのまま「〜する」と訳して済むものである。

⑥　天離る夷の長道ゆ恋ひ来れば、明石の門より大和島見ゆ〈所見〉。（3・二五五）

さて、今まで見て来た①から⑥までの例は、現在の状態を表しているという点では、同じグループに属することになる。これらの例の特徴は、いずれも作者が現象を描写している点である。万葉集の短歌には、このような歌が非常に多いのである。要するに、万葉集の短歌の大部分の動詞「～す」は、基本的な意味としては、現在の状態を表すと考えてよいと思う。

このような現在の状態を表す「～す」の例と比較すると、少数ではあるが、未来に関する事柄を叙述した「～す」の例も、万葉集中に見出すことができる。例えば、

⑦　君により言の繁きを、故郷の明日香の川にみそぎしに行く〈去〉。（4・六二六）

⑧　新羅へか、家にか帰る〈加反流〉。壱岐の島行かむたどきも思ひかねつも。（15・三六九六）

⑨　大船に真楫しじ貫き、この吾子を唐国へ遣る〈遣〉。斎へ神たち。（19・四二四〇）

⑩　大君の命畏み、於保の浦をそがひに見つつ、都へ上る〈能保流〉。（20・四四七二）

というものである。⑦は「旧都の明日香川にみそぎしに行く。」、⑧は「家に帰るのか。」、⑨は「唐の国へ派遣する。」、⑩は「都へ上る。」という意味で、全て未来に関する事柄を叙述している。⑦から⑩までの例は、いずれも到着する場所を基点として実現する動作を表すという意味特徴を持つ方向移動動詞と言うべき動詞グループである。これらは、一定の目的地を目指す未来志向の動詞であるとも

言えよう。つまり、テンス的な意味として、未来にしかならないのである。万葉集の文末の「〜す」に未来を表した例がないと述べたことに固執する山口氏は、⑦⑧⑩の例は、移動している途中で作られたものであるという、強引な解釈をして、現在の状態を表したものであると言った。しかし、移動している途中で作られたとしても、目的地に到着してはいないのであるから、「行く」、「帰る」、「上る」がこれから実現する未来を表すことには変わりはない。また、⑨の例は、移動している途中の作として処理することができないので、「神に対する祈願の詞においては、祈願の対象になる未然の事態を、すでに実現したかのように先取りして表現することがあったのではないか。」と言って、[25]特殊な例として処理したが、そこまでの詭弁はご無用に願いたい。万葉集の中には、少数ではあるが、基本的な意味として、現在の状態を言うことができず、未来の事柄しか表せない動詞グループも確実に存在するのである。動詞自身の持つカテゴリカルな意味の違いが、テンスの意味に影響するということは、このように、万葉集の中でも言えることなのである。

なお、移動動詞の中には、「いや川上る〈上〉。」（7・一一五一）、「神が門渡る〈渡〉。」（16・三八八八）のように、現在の状態を叙述した例もある。但し、これらの例は、到着点に着くという意味特徴を持たず、移動の様態を描写したもので、様態移動動詞と言うべき動詞グループである。先の⑦から⑩までの方向移動動詞とは、所属する意味グループが異なると考えるのが妥当であろう。

(3) 文の構造に縛られた文末の「〜す」の意味・用法

それでは、方向移動動詞以外の動詞ではどうなのかというと、やはり少数ではあるが、未来の事柄を表していると考えられる例を見出すことができる。それは、

⑪ 忘れ草我が紐に付く〈付〉。香具山の古りにし里を忘れむがため。（3・三三四）

⑫ 妹がため我れ玉拾ふ〈拾〉。沖辺なる玉寄せ持ち来。沖つ白波。（9・一六六五）

⑬ 妹がため我れ玉求む〈求〉。沖辺なる白玉寄せ来。沖つ白波。（9・一六六七）

⑭ 機物の蹋木持ち行きて、天の川打橋渡す〈度〉。君が来むため。（10・二〇六二）

というものである。⑪は「忘れ草を自分の下紐に付ける。」、⑫は「私は玉を拾う。」⑭は「天の川に打橋を渡す。」という意味で、いずれも作者の決意を述べたものであり、確定的な未来の事柄を言っている。⑬は「私は玉を探している。」というように、現在の状態を表していると解するのが通説であるが、⑫の例に基づいて、「私は玉を探して手に入れる。」というように、作者の決意を述べたもので確定的な未来の事柄を言っていると解するのが正しい。但し、未来の事柄を表した例と言っても、先程の方向移動動詞の場合とは、次元が異なるようである。引用句の文末の例を除いた純粋な文末の

例が少ないので、断言はできないが、基本的には、⑪から⑭までの動詞は、万葉集中の多数を占める現在の状態を表す動詞グループに属すると思われる。それらの動詞が、なぜ未来の事柄を叙述するのかというと、「忘れむがため」、「妹がため」、「君が来むため」という、一定の目的・理由があって、積極的に行動を起こす条件が付加されたために、文末の動詞が意志的に実現する動作を意味することになったからだと推察される。つまり、文の構造に縛られた意味として、未来の事柄を叙述している訳である。「付く」、「拾ふ」、「求む」、「渡す」などの動詞は、方向移動動詞のように、特別な条件がなくても未来になるという訳ではないのである。このように、基本的には、現在の状態を表すと考えられる動詞の「〜す」であっても、文の構造に縛られると未来の事柄を叙述することがあるのである。この事実は、特筆しておいてよいだろう。

さて、最後に、次の例を取り上げておきたい。

⑮　世間を常なきものと、今ぞ知る〈知〉。奈良の都の移ろふ見れば。（6・一〇四五）

右の歌の「今ぞ知る。」は、「今知った。」、「今はじめて分かった。」と訳すのが適切であろう。この「今ぞ知る。」という言い方は、古今集にもあって、加藤康秀氏が早くから注目している。加藤氏は、古今集以後の勅撰集に「今ぞ知る。」という発見の意味を表す言い方が多く見られることから、「広い意味での慣用的な表現と見るべきではないかと思う」と言っている。[26] 古今集以後の用例で考える限り、この見方は妥当であると言えよう。だが、万葉集の用例で考えた場合は、少し見方を変える必要があると思う。

万葉集の「知る」という動詞は、常に「知った。」「分かった。」と訳すのが適切であるとは限らない。例えば、

⑯ 近江の海、辺は人知る〈知〉。沖つ波君をおきては知る人もなし。(12・三〇二七)

⑰ 勝間田の池は、我れ知る〈知〉。蓮なし。しか言ふ君の鬚なきごとし。(16・三八三五)

という例がある。これらの例は、「知っている。」と訳すのが適切であると思う。従って、文の構造に縛られていない場合の万葉集の「知る」という動詞は、やはり現在の状態を表すのが基本的な意味であると推察される。要するに、⑮の例の場合は、「今ぞ知る。」というモーダルな組み合わせを取ることによって、言わば発見という特殊なムード（モダリティー）を実現することになったと考えられるのである。⑮の例は、「知る」が基本的な意味から離れた文の構造に縛られた意味を表していることになる。「今ぞ知る。」が表す発見という意味は、元来は、「知る」が文の構造に縛られた場合に表す特殊な意味だったのである。それが、この万葉集の例を嚆矢として、古今集以後は、発見を表す慣用的な言い方として、定着して行ったということなのだろう。

四　おわりに

以上、本章では、万葉集の短歌の文末の「〜す」の意味・用法の注目すべき点を述べてみた。勿論、これで短歌の「〜す」の意味・用法の研究が終了したとは考えていない。ただ、本章で述べて来たことが分かりきったことと認められて、異論を唱える者がいないとすれば、万葉集の短歌のテンスの研究は、現代語で行なわれている動詞の語彙的な意味分類を援用して、「〜す」の意味・用法の研究を深めて、それを基準として、「〜しき」、「〜せむ」などのテンス・ムードに関わる語形の意味・用法を、そして、アスペクトに関わると思われる「〜しけり」、「〜しつ」、「〜しぬ」、「〜せり」、「〜したり」などの語形の意味・用法を論じる段階に進むことができると思う。更には、長歌についても、現代の小説を資料として盛んに行なわれており、平安朝の物語を資料としても徐々に行なわれはじめているテキスト言語学的方法を導入して、複雑な長歌の語りの構造を分析し、長歌特有の文法現象を論じる段階へと進むことができると思うのである。万葉集のテンスの研究も、結局は、万葉歌の正確な読解の上に立ってなされなければならない。観念的な理論を先行させて、恣意的な読みに終始してはならないのである。古典の緻密な読解の上に立ち、その中から体得した文法現象の一つ一つを鮮明に一般化して来た先師佐伯梅友氏の研究姿勢を、新時代の古代語文法の研究に携わる我々は、改めて銘記しておく必要があると思う。

注

1　加藤康秀氏①「日本語動詞のテンス・アスペクト」『研究会報告』第三号（昭和五十七〈一九八二〉年三月、日本語文法研究会）、②「古典語動詞の文末表現『〜す』の用法」『日本文学研究』第二十四号（昭和六十〈一九八五〉年一月、大東文化大学日本文学会）、③「文末に使用される動詞の意味・用法の指導」『日本語学』第五巻四号（昭和六十一〈一九八六〉年四月、明治書院）、④「古今集のテンス・アスペクト」『国文学解釈と鑑賞』第五十八巻七号（平成五〈一九九三〉年七月、至文堂）。

2　鈴木泰氏①「テンス」『国文学解釈と鑑賞』第五十一巻一号（昭和六十一〈一九八六〉年一月、至文堂）、②『古代日本語動詞のテンス・アスペクト――源氏物語の分析――』（平成四〈一九九二〉年五月、ひつじ書房）、③「宇津保物語における基本形のテンス――古代語のテンスにおけるアクチュアリティーの問題――」『国語学』第一九六集（平成十一〈一九九九〉年三月、国語学会）。

3　山口佳紀氏①「各活用形の機能」『国文法講座』第二巻（昭和六十二〈一九八七〉年四月、明治書院）、②「万葉集における時制《テンス》と文の構造」『国文学解釈と教材の研究』第三十三巻一号（昭和六十三〈一九八八〉年一月、学燈社）、③「万葉集における動詞基本形の用法――テンスの観点から――」『万葉集研究』第二十一集（平成九〈一九九七〉年三月、塙書房)、④「『万葉集』における「時」の表現――動詞基本形を中心に――」『高岡万葉歴史館論集四　時の万葉集』(平成十三〈二〇〇一〉年三月、笠間書院)。

4　鈴木泰氏は、(注2)①論文で、山口佳紀氏は、(注3)①論文で、先覚者として、加藤康秀氏の論があることを紹介している。

5　拙稿①「古典語動詞のテンスの研究のあり方について――万葉集を資料として――」『研究会報告』第十二号(平成三〈一九九一〉年三月、日本語文法研究会)、②「万葉集における動詞のテンス・アスペクト」『日本文学研究』第三十一号(平成四〈一九九二〉年二月、大東文化大学日本文学会)、③「万葉集のテンス・アスペクト」『国文学解釈と鑑賞』第五十八巻七号(平成五〈一九九三〉年七月、至文堂)、④「ムード・モダリティー研究から見た古典文法――万葉集の『～すらむ』を具体例として――」『国文学解釈と鑑賞』第六十巻七号(平成七〈一九九五〉年七月、至文堂)、⑤「万葉集における動詞基本形の意味・用法」『研究会報告』第二十号(平成十一〈一九九九〉年三月、日本語文法研究会)。

6　(注3)の③論文。

7　(注5)の⑤論文。

8　(注3)の④論文。

9　朴鍾升氏①「『万葉集』動詞ル形の時制について」『日本語文学』第五輯(平成十〈一九九八〉年八月、日本語文学会〈韓国〉)、②「古代日本語動詞原形の意味・用法——テンス的意味の認否について——」『人文科学論集』第八号（平成十一〈一九九九〉年九月、学習院大学大学院人文科学研究科)、③『古代日本語動詞原形の機能——形態論的範疇としてのテンスの認否と関連して——』（平成十三〈二〇〇一〉年六月、絢文社)。

10 (注3）の②論文。

11 奥田靖雄氏「条件づけを表現するつきそい・あわせ文——その体系性をめぐって——」『教育国語』第八十七号（昭和六十一〈一九八六〉年十二月、むぎ書房)。

12 奥田靖雄氏「語彙的な意味のあり方」『ことばの研究・序説』（昭和五十九〈一九八四〉年十二月、むぎ書房)。

13 (注12）に同じ。

14 (注3）の②論文。

15 (注9）の②③の論考。

16 (注3）の②論文。

17 北原保雄氏「〈らむ〉〈らし〉の成立——複述語構文の崩壊——」『言語と文芸』第四十三号（昭和四十〈一九六五〉年十一月、桜楓社)。

18　馬淵和夫氏『上代のことば』（昭和四十七〈一九七二〉九月、至文堂）の「文法」の項目。この項目は、北原保雄氏の執筆による。
19　山口佳紀氏『古代日本語文法の成立の研究』（昭和六十〈一九八五〉年一月、有精堂）五三四頁。
20　佐伯梅友氏「『らむ』について」『国文学』第五号（昭和二十六〈一九五一〉年九月、関西大学国文学会）。
21　（注3）の③論文。
22　（注2）の一連の論考。
23　工藤真由美氏『アスペクト・テンス体系とテクスト――現代日本語の時間表現――』（平成七〈一九九五〉年十一月、ひつじ書房）。
24　拙著『万葉歌の読解と古代語文法』（平成十八〈二〇〇六〉年十月、万葉書房）第Ⅰ部第四章。
25　（注3）の③論文。
26　（注1）の一連の論考。

初出一覧

第Ⅰ部　万葉歌の解釈篇

第一章　万葉歌の訓読の再検討――文法的に可能な訓み方を考える――

第一節は、新規執筆。第二節は、拙著『万葉歌の読解と古代語文法』（平成十八〈二〇〇六〉年十月、万葉書房）の第Ⅱ部第八章第二節を補訂したもの。第三節は、同書第Ⅱ部第六章第三節の後半部分を全面的に改訂したもの。

第二章　笠女郎の大伴宿祢家持に贈る歌――その冒頭歌の訓読と解釈をめぐって――

『解釈』第六十二巻三・四号（平成二十八〈二〇一六〉年四月、解釈学会）を補訂。

第三章　万葉集巻十四「東歌」解釈一題――「いで子賜《たば》りに」考――

『解釈』第六十五巻三・四号（平成三十一〈二〇一九〉年四月、解釈学会）を補訂。

第Ⅱ部　万葉歌の言語篇

第一章　万葉集における希求表現「ぬか・ぬかも」の成立――北条忠雄氏の卓見の立証――

『解釈』第六十三巻三・四号（平成二十九〈二〇一七〉年四月、解釈学会）を補訂。

第二章　万葉語「とほしろし」の解釈

『解釈』第六十四巻三・四号（平成三十〈二〇一八〉年四月、解釈学会）を補訂。

第三章　上代のク語法について

新規執筆。

付章　万葉集における動詞基本形の時制表現

鈴木康之教授古希記念論集『21世紀言語学研究』（平成十六〈二〇〇四〉年七月、白帝社）を補訂。

後記

本書『万葉歌の解釈と言語』は、第一論文集『万葉歌の読解と古代語文法』、第二論文集『万葉歌の構文と解釈』に続く、筆者の第三論文集である。前二書の刊行後、解釈学会の機関誌に発表した論文に、新規執筆した論文と、第一論文集『万葉歌の読解と古代語文法』の「第Ⅱ部　万葉歌の読解に関する諸問題の検討」に収めたが、その後、考えを改めて書き直した論文を加えて、一書としたものである。

「第Ⅰ部　万葉歌の解釈篇」の三つの論考は、前二書から引き続き筆者の研究課題としている文法に則って万葉歌の正確な解釈を追究した論である。また、最近、筆者は、一首の万葉歌を文法的に正確に解釈するという課題との関連で、万葉歌を構成する一つ一つの語句も正確に解釈しなければならないと思うようになって来た。「第Ⅱ部　万葉歌の言語篇」の三つの論考は、そのような観点から執筆したものである。

付章は、第一論文集『万葉歌の読解と古代語文法』の「第Ⅰ部　万葉集における動詞基本形の意味・用法の検討」に原著論文を解体する形で収めたものを、原著論文の形に復元したものである。近年、原著論文の形で読みたいという声を筆者の周辺から聞くようになり、求められて提供した手元にあった抜き刷りも尽きてしまったため、万葉集の言語に関わる論でもあるので、本書に原著論文の形に戻して収録しておくことにした。

「平成」という一つの時代が終わり、新元号「令和」による新時代を迎えることになった。筆者の研究も、本書をもって一つの区切りとすると共に、新たな歩みの出発点にもしたいと思う。

前二書に続き本書も万葉書房より刊行して頂くこととなった。このような小著の刊行を認めて下さった書房の顧問である星野五彦先生に厚く御礼申し上げる。また、日本文学関係の研究書の出版が衰退の傾向にある昨今の状況にあって、本書の刊行を引き受けて下さった上に、原稿の細部にまで目を通して、的確な御助言を下さった書房主星野浩一氏に深謝申し上げる次第である。

令和元年（二〇一九年）五月一日

黒田　徹

歌番号索引

万葉集の歌番号は、旧国歌大観の番号に拠る。古事記歌謡・日本書紀歌謡・仏足石歌の歌番号は、日本古典文学大系『古代歌謡集』に拠る。続日本紀宣命の番号は、本居宣長『歴朝詔詞解』に拠る。

万葉集

巻1

巻2

巻3

巻4

著者紹介

黒田　徹（くろだ・とおる）

1960年8月　東京都品川区に生まれる。

1999年3月　大東文化大学大学院より博士(日本文学)の学位を取得。

大東文化大学、千葉大学で講師を歴任。

著書『万葉歌の読解と古代語文法』(2006年10月、万葉書房)。

『万葉歌の構文と解釈』(2015年6月、万葉書房)

共著『日本語学の常識』(2003年3月、海山文化研究所)。

分担執筆『概説・古典日本語文法』(1988年8月、おうふう)。

『概説・現代日本語文法』(1989年9月、おうふう)。

『万葉ことば事典』(2001年10月、大和書房)。

検印省略

万葉叢書⑬

万葉歌の解釈と言語

令和元年6月15日　初版第一刷

定価　二三〇〇円（税抜）

著者　黒田　徹

発行者　星野浩一

発行所　**万葉書房**

〒二七一・〇〇六四

千葉県松戸市上本郷九一〇・三

パインポルテ北松戸一〇一

電話&Fax　〇四七・三六〇・六二六三

印刷・製本　モリモト印刷株式会社

万一落丁の場合はお取替えいたします

ISBN978-4-944185-18-4　C3095